꽃잎 떨어지는 소리
눈물 떨어지는 소리

꽃잎 떨어지는 소리 / 눈물 떨어지는 소리

사라져가는 것들 사이에서 살아내는 오늘

박상률 지음

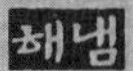

| 머리말 |

나는 그 말들을 살고 있다

언젠가 내가 좋아하는 우리말 열 개를 꼽아본 적이 있다. 그때는 되는대로 즉흥적으로 꼽기만 했는데, 지금 돌아보니 나는 그 말들을 살고 있었다. 의식했든, 의식하지 않았든……. 그래서 글을 쓰고 산다는 건 어쩌면 자신이 좋아하는 말을 여기저기에 갖다 놓는 것인지도 모른다는 생각이 들었다.

바람

바람은 손으로 잡을 수도 없고 눈에 보이지도 않지만, 바람의 존재는 안다. 깃발이 펄럭이는 걸 보고 바람이 부는 걸 알 수도 있지만, 절집 사람들은 보는 사람의 마음이 움직여서 깃발이 펄럭이는 것처럼 보인다고 말하기도 한다. 바람은 사람의 마음도 움직인다.

이야기꽃

말은 이야기를 부른다. 눈빛과 표정만으로 이야기를 나누기는 어렵다. 말로 하는 이야기를 통해 인류의 삶은 존재했고 이어졌다. 나는 글이 된 말로 이야기꽃을 피운다. 누구의 삶이든 그 자신을 벗어나 다른 사람에 이르기를 바라기에.

동무

동무는 같이 논다. 동무는 같이 고민한다. 그런데도 동무가 나의 모든 것을 대신해 줄 수는 없다. 그래서 조선 후기를 잠깐 살고 간 시인 이언진은 '나는 나를 벗한다(我友我)'고 했다. 나의 가장 친한 동무는 나일 수밖에!

그러나

한 번쯤 '이게 아닌데' 하며 고개를 갸우뚱해 보아야 한다. 이미 익숙한 것에 무조건 길들지 말자. 한 발짝 앞으로 나아가는 모든 것은 '그러나' 하며 다른 방도를 취하거나, 앉은 자리를 털고 일어날 수 있어야 한다.

그리메

'그림자'라 말하지 않고 '그리메'라고 말하면 '그리움'이 같이 딸려 나온다. 그리움은 나의 그림자를 밟으며 좇아가는 실존이다. 그리메는 나의 실제 모습보다 길기도 하고 짧기도 하다.

오래뜰

대문 앞에 있는 뜰을 가리키는 데서 비롯된 말이지만, 한 골목 안에 있는 이웃집들을 이르는 뜻으로 고향 진도에서 늘 쓰던 말. 같은 오래뜰 사람. 오래뜰이 넓어지면 마을이 되고, 더 넓어지면 고을이 되고, 나라도 된다.

밥

다행인지 불행인지 나는 밥이 맛없던 적이 없다. 젊어서 군 훈련소 밥도 입소 첫날부터 잘 먹었으니까. 밥심으로 여기까지 왔다. 그러나 더 먹고 싶을 때 숟가락 놓고, 입 하자는 대로 하지는 않는다.

나무

나무는 그 자리에서 자기 크기만큼만 차지하고 평생 산다. 멧돼지 같은 동물처럼 먹을 것을 쫓아 남의 영역까지 뛰어들지 않는다. 나무의 일생은 심심하지 않다. 새도 날아들고, 매미도 찾아오고, 햇살도, 바람도, 이슬도 알은체를 한다.

오도카니

오도카니 있다는 건 외로운 게 아니고 고독하다는 것. 외로움은 수동적이고, 고독은 적극적이다. 오도카니의 큰말인 우두커니는 고독의 극한까지 내몰린 느낌을 준다, 그래서 몹시 불안하다. 오도카니 정도의 고독만 지니고 살자.

맬겁시

맬겁시는 아무런 이유가 없다. 그냥이다. 나는 그대가 맬겁시 좋다. 동백은 맬겁시 겨울에 꽃을 피운다. 그러다가 맬겁시 툭 떨어져진다. 이유 없다. 매사에 이유 달고 살면 머리가 터진다. 맬겁시 산다.

이 책의 글은 각종 문예지, 사보, 종교 잡지, 신문 등의 청탁이 있어 쓴 글이 대부분이지만, 페이스북에서 가져온 글은 자발적으로 '맬겁시' 쓴 글이다.

어지럽기 짝이 없던 원고를 잘 분류하고 다듬어서 예쁜 책으로 엮어준 해냄출판사의 '동무'들에게 고마움을 전한다.

2021년 가을

無山書齋에서 박상률

| 차례 |

머리말 | 나는 그 말들을 살고 있다 •4

1장 사랑에 젖다

어머니의 사랑 •15
모정의 세월 •20
진도는 오늘도 구슬픈 가락으로 일렁이고 •25
안개의 섬, 감수성의 땅 •27
그 땅 그 하늘 •33
다시 살아야 하는 고향의 삶 •36
혜진이 •41
서늘한 그리움을 남기다 •47
봉숭아 물들이기 •52

2장 낯선 풍경, 함께하는

향 한 대에 삼독을 태우며 •59
세월아, 나는 너를 미워하지 않으련다 •62

마음이 부처라네 •66
업의 구름, 번뇌의 구름을 거둬가는 참선 수행 •73
화두 놓치면 생명을 놓친 걸로 알고 정진하는 게지 •80
바라는 것이 없으니 보람도 없어요 •87
〈오세암〉, 잃어버린 어른들의 초상 •95
꽃잎 떨어지는 소리 눈물 떨어지는 소리 •102

3장 글의 품 안에서

김남주 시인의 '좆까 마이신' •107
국가 공인 미남 •112
글을 보면 다 알아! •116
사랑과 글쓰기 •118
글을 쓰다 불쑥 떠나다 •121
만나야 할 사람은 반드시 만나게 된다 •130
동명이인 •133
파브르가 곤충이어서 곤충기를 썼을까? •135
내 맘대로 정한 글쟁이 등급 •137
문학도 올림픽? •139
노벨'문화상'이 어때서? •142
아름다운 일을 한 게 없으면서 '아름다운 작가상'을 받았다 •145
길고 긴 짝사랑 •149
다시 봄날, 웃고 있어도 눈물이 난다 •152

4장 소란한 밤을 끌어안다

나의 발밑부터 돌아보라 •157

착한 일도 하지 말라 했거늘 •161

인간방생 •164

다시 동심이다 •169

〈진도아리랑〉 사설로 풀어보는 세상 •173

그대 다시는 고향에 가지 못하리 •179

'있을 수 없는 일'이 일어나는 세상 •182

아버지와 아들의 자리 •186

바람, 바람, 바람이 분다! •190

신의 나라에는 예술이 없다 •194

상식이 통하는 사회 •197

5장 사라져가는 것들의 뒷모습

'순'이라고 불러보는 소녀, 혹은 여인 •203

다나다라야야 나막알야…… •207

살아 있다는 것만으로도 우리는 이미 사는 값을 하고 있다 •216

추억을 곱씹어야 하는 나이 •220

누가 이 사람을 모르시나요? •223

김 형 어디쯤 가고 있는가? •227

나는 열아홉 살이에요 •230

뒷모습은 눈물 아닌 것이 없으니 •234

견딜 수 없는 것을 견디는 시인의 한숨 •238

내일까지 살 것처럼 굴지 말자 •242

오늘을 산다 •247

어머님의 손을 놓고 •250

삶과 죽음이 둘이 아니고 하나인 바에야 •253

본문 인용 출처 | 본문 가사 인용 목록 •257

1장

사랑에 젖다

어머니의 사랑

서울 과낙구 실님2동……. 시골에 사시는 어머니가 서울의 '관악구 신림2동'에 사는 아들 집에 큼지막한 택배 꾸러미를 보내면서 겉봉에 적으신 주소다. 발음 나는 대로 적은 주소이지만 택배 상자는 아들이 사는 집을 찾아드는 데 전혀 어려움이 없었다.

택배 상자 꾸러미를 풀자 올망졸망한 봉지가 가득 들어 있다. 참깨, 녹두, 찹쌀가루, 콩가루, 고춧가루, 고사리, 구기자, 검은 쌀 등이 저마다 '나 여기 있어요' 하는 표정으로 얼굴을 내민다. 나는 이때의 심정을 시에 담았다.

> 서울 과낙구 실님이동……. 소리 나는 대로 꼬불꼬불 적힌 아들
> 네 주소. 칠순 어머니 글씨다. 용케도 택배 상자는 꼬불꼬불 옆길

로 새지 않고 남도 그 먼 데서 하루 만에 서울 아들 집을 찾아왔다. 아이고 어무니! 그물처럼 단단히 노끈을 엮어 놓은 상자를 보자 내 입에서 나도 모르게 갑자기 터져 나온 곡소리. 나는 상자 위에 엎드렸다. 어무니 으쩌자고 이렇게 단단히 묶어 놨소. 차마 칼로 싹둑 자를 수 없어 노끈 매듭 하나하나를 손톱으로 까다시피 해서 풀었다. 칠십 평생을 단 하루도 허투루 살지 않고 단단히 묶으며 살아 낸 어머니. 마치 스스로 당신의 관을 미리 이토록 단단히 묶어 놓은 것만 같다. 나는 어머니 가지 마시라고 매듭을 하나도 남기지 않고 다 풀어 버렸다. 상자 뚜껑을 열자 양파 한 자루, 감자 몇 알, 마늘 몇 쪽, 제사 떡 몇 덩이, 풋콩 몇 주먹이 들어 있다. 아니, 어머니의 목숨들이 들어 있다. 아, 그리고 두 홉짜리 소주병에 담긴 참기름 한 병! 입맛 없을 땐 고추장에 비벼 참기름 몇 방울 쳐서라도 끼니 거르지 마라는 어머니의 마음.

아들은 어머니 무덤에 엎드려 끝내 울고 말았다.

—「택배 상자 속의 어머니」

물건을 정리하는 아내 곁에 쭈그리고 앉아 있는 어린 아들 녀석은 제 엄마가 봉지를 하나씩 꺼낼 때마다 뭐가 좋은지 "우와! 우와!" 하며 손뼉을 쳐댄다. 그러다가 봉지들 사이에서 뜻밖에 단감이 얼굴을 내밀자 아들 녀석은 얼른 그걸 한 알 집어 든 다음 두 손을 들어 만세를 부르는 자세를 취하고 부엌 쪽으로 쪼르르 달려간다.

우리 집에는 보통 한 달에 두세 번은 시골집에서 '보급품'이 온다. 겉봉의 주소가 아버지의 붓글씨체로 맞춤법에 맞게 적혀 있을 땐 아들 집에 보낼 것들을 미리 계획하고 있다가 보내신 물건이고, 어머니 글씨체로 발음 나는 대로 적혀 있을 땐 아버지 부재 시 어머니가 갑자기 우체국이 있는 면소에 갈 일이 생겨서 부랴부랴 물건을 챙겨 보내신 경우이다.

돈으로 치면 결코 큰 액수에 해당하는 값어치는 아닐지 모르지만 아내는 시골집에서 오는 '보급품'을 다른 어떤 물건보다도 소중히 여긴다. 작은 참깨 한 알, 마른 고사리 한 가닥에도 시어머니의 손길이 직접 닿지 않은 것이 없는 까닭에 돈으로 칠 수 없는 시어머니의 속뜻이 헤아려지고도 남기 때문이다.

어머니도 자신이 보내는 물건이 돈으로 치면 얼마 되지 않는다는 걸 알고 계신다. 하지만 매일 아침저녁으로 자식들과 얼굴을 대고 지내지 못하기 때문에 자신이 손수 가꾸고 거둔 것들이나마 자식들의 밥상에 오르게 함으로써 가족 간의 유대감이 끊어지지 않게 하고 싶으신 것이다.

우리도 어머니의 그 속뜻을 잘 알기 때문에 시골집에라도 한번 가면 이 보따리 저 보따리 어머니가 챙겨주시는 대로 사양하지 않고 힘닿는 대로 둘러메고 가져온다. 어머니의 사랑을 다 갚지는 못하더라도 최소한 저버리는 사람은 되지 않기 위해서.

어머니, 지금으로 치면 겨우 초등학교밖에 다니지 못하신 어머니. 그것도 학교 측에서 빨리 졸업시키려고 똘똘하고 야무지다는 이유를 대며(그래서 어머니의 어릴 때 아명이 '야물네'였단다!) 2학년에서 4학년으로 껑충 월반을 시킨 까닭에 학교라고는 다섯 해 다닌 것이 전부이지만, 어머니의 마음 씀씀이나 삶에 대한 지혜는 무려 열여섯 해 이상을 학교에서 꼼지락거린 우리들이 미처 따라갈 수가 없다.

어머니는 큰소리로 자식들의 삶에 이래라저래라 하면서 간섭을 하시는 일도 없었다. 어머니는 잠시도 쉬지 않고 열심히 일하시는 것과 절에 가서 정성스레 기도 올리는 모습만을 자식들에게 보여줄 뿐이었다. 나는 어머니의 부지런함을 보고 성실성을 조금이나마 몸에 익히게 되었으며, 자신을 낮추는 어머니의 정성스러운 기도를 통해 세계와 자신에 대한 겸허함을 배우게 되었다.

허리가 굽은 지금도 단 한시도 편히 쉴 새가 없는 어머니이시기에 손톱 발톱이 미처 자랄 새가 없고, 어렵고 힘든 일이 있을 때마다 목욕재계하고 기도드리는 어머니이시기에, 머리꼭지에 물이 미처 마를 새가 없다.

그러나 그런 어머니를 위해서 난 아직까지도 무얼 제대로 해드린 일이 없다. 물론 어머니는 자식에게 현실적인 대가를 바라신 적도 없다. 어머니는 자식 몸 성하고 남들로부터 손가락질 받는 일 없이 세상을 살면 그게 효도라고 하신다.

이 글을 쓰고 있는 동안 전화기가 울린다. 택배 보냈는데 잘 받았느냐는 어머니의 전화다. 항상 이렇다. 보내주신 것 잘 받았다고 미처 전화할 새도 없이 먼저 확인하신다.

"느그덜 전화 요금 많이 나올까 싶어서 내가 걸었다!"

어머니의 따뜻한 변명이시다.

모정의 세월

콩밭 매는 아낙네야 베적삼이 흠뻑 젖는다
무슨 설움 그리 많아 포기마다 눈물 심누나

홀어머니를 두고 시집가는 딸의 애틋한 마음을 노랫말에 담은 〈칠갑산〉을 들을 때마다 난 가슴이 아리고 눈물이 핑 돈다. 이 노래는 발표된 지 벌써 여러 해가 지났지만 지금도 술자리 같은 곳에 가면 부르는 사람이 꼭 하나쯤은 있을 정도로 많은 사람들의 애창곡이 되었다.

이 땅에 태어나서 자란 사람이면 할머니나 어머니의 삶을 지켜보면서 누구나 원체험으로 지니고 있을 만한 사연이 담긴 노래라서 그런지 세파에 적당히 찌든 사오십 대는 물론 신세대라 할 수 있는 이삼십 대들도 곧잘 부르는 노래다.

이 노래 말고도 어머니를 소재로 한 노래는 무척 많다. 이른바 '유행가'라고 하는 우리의 대중가요, 그 대중가요 가운데 상당수가 바로 '어머니'를 노래한 것이다. '어머님의 손을 놓고', '어머니의 흰 머리가 눈부시어 울었소', '겨울의 기나긴 밤 어머님하고', '어머님 전에 눈물로 일자 상서', '하늘마저 울던 그 날에 어머님을 이별을 하고', '남쪽 나라 십자성은 어머님 얼굴', '불효자식 기다리다 늙으신 어머니여', '근심으로 지새우는 어머니 마음'.

책상머리에 앉아 내가 아는 노래 가운데 노랫말에 '어머니'가 들어가는 것을 얼른 적어봐도 이 정도다. 더 적어도 된다면, 내 머릿속에 입력된 것만으로도 아마 이 지면을 다 채울 수 있을 것이다. 서양이나 일본 노래에 비해 유독 우리 노래에 '어머니'가 많이 들어간다는 건 새삼스러운 이야기가 아니다.

굴곡 많았던 이 땅의 현실을 묵묵히 지켜낸 사람은 우리의 어머니들이다. 삶이 회오리칠 때마다 우리의 어머니들은 그 회오리바람에 할퀴고 찢긴 이 땅과 이 땅의 자식들을 용케도 잘 보듬고 다독거려왔다. 외침, 내란, 흉년 등 온갖 시련 속에서도 이 땅의 어머니는 옷고름으로 눈물을 찍어내기는 할망정 결코 좌절은 하지 않았다. 그런 어머니들이 있었기에 우리는 지금 이만큼이라도 살 수 있다.

자식이 전쟁터에 나가 있어도, 자식이 감옥에 들어가 있어도, 자식이 타향에서 떠돌 때에도 이 땅의 어머니는 결코 함부로 눈물을 흘리지 않았다. 오히려 달 밝은 새벽녘 맑은 샘물 받아놓고 자식을 위해 빌고 빌며, 그러는 사이 자신도 더욱 강해지기를 다짐한다.

그런 어머니기에 이 땅의 자식들은 즐거울 때나 괴로울 때나 가장 먼저 어머니를 떠올린다. 큰 운동 경기 같은 것에서 승리하거나, 어떤 일에서 성공했을 때 자신의 영광을 어머니에게 돌리는 것은 물론이요, 인질극을 벌이다가도 어머니가 와서 설득하면 눈물을 보일 수밖에 없고, 아무리 흉악한 범죄를 저지른 사형수라도 형장의 이슬로 사라지기 전엔 가장 절박하게 어머니를 부른다.

이 땅의 자식들에게 어머니라는 존재는 죽는 그날까지 그리움의 대상이고 안식의 대상이다. 그래서 자식은 어머니의 품을 영영 떠나지 못하는 것이리라.

나의 어머니는 그동안 육 남매를 낳아 키우시느라 그야말로 밤인지 낮인지 모르고 살아오셨다. 전형적인 농촌 사회의 대가족제 아래에서 시집살이를 시작하신 우리 어머니. 고된 농사일 하시면서 시부모 봉양하랴, 남편 뒷수발 들랴, 시동생들 거두랴, 적지 않은 자식들 키워내랴 그야말로 손에 물 마를 새 없이 살아오셨다.

그때 우리 집 형편은 그야말로 윗돌 빼서 아랫돌 괴고, 아랫돌 빼서 윗돌 괴는 상황이었다. 그러다 보니 대추나무에 연 걸리듯 이 집 저 집에서 빚도 많이 졌다. 그런데도 어머니는 자식들의 교육 문제만큼은 결코 소홀히 하시지 않았다. 어려서부터 책 읽는 일과 책 모으는 일을 좋아했던 나는 일주일에 한두 번은 꼭 읍내 책방에 들렀다. 그때마다 어머니께 "사고 싶은 책이 있는데요……" 하면 어머니는 무슨 책을 사려고 하는지 알려고도 하시지 않고 한 번도 책값을 거절하시지도 않았다. 어쩌면 내가 글 쓰는 직업을 갖게 된 것도 어머니의 그런 뒷바라지 덕분이 아닌가 싶다.

그런 어머니셨지만 잘못한 것을 꾸짖으실 때는 정말 눈물이 쏙 빠질 정도로 매서우셨고, 혼자 견뎌야 한다고 생각하는 일에 대해서는 냉정할 정도로 차가우셨다. 고등학교 때부터 도시에서 자취생활을 시작했던 나는 어머니가 그리울 때가 무척이나 많았다. 그런데도 어머니는 아들의 자취방에 좀체 다녀가시는 법이 없었다. 삼 년을 산 어느 집에선 그 삼 년 동안 한 번도 다녀가시지 않았다. 그래서 주인집에선 그 집 뒷방에서 자취하던 우리 형제를 두고 데려온 자식이 아닌가 하고 궁금해할 정도였다.

집안 살림이 어려운 탓도 있었겠지만, 한편으로는 '이녁 일은 이녁이 알아서 해야 한다'는 어머니 나름대로의 철학 때문에 그리하셨던 것이다. 어머니의 그러한 자식 교육 철학은 자식들로 하여금 자신의 진로도 스스로 알아서 하게 했다.

나아가 어머니는 자식이 어떤 일에서 실패를 하더라도 그 자식을 끝까지 믿고 이해해 주셨다. 장남인 내가 학교 졸업한 뒤로 방황에 방황을 거듭하며 현실 속에서 제대로 자리를 잡지 못하고 있을 때에도 싫은 소리 한 번 하신 적이 없이 오직 이 못난 자식을 끝까지 믿어주셨다.

또 장남이 자라면 동생들을 거두는 것이 우리네 전통인데도 나는 글을 쓰네 어쩌네 하며 사느라 집안에 별다른 도움을 주지 못했다. 불효라면 불효를 한 셈인데, 그래도 어머니는 장남이 올곧게 살아서 그 밑의 아이들도 옆길로 새지 않았다고 하시면서 오히려 안심을 하시고 장남을 고맙게 여기니 나로선 황송하기 그지없다.

어머니의 얼굴에는 어느덧 주름살이 푸욱 패어 지난 세월이 간단치 않았음을 보여주고 있다. 이제는 자신의 노후를 즐기며 여유롭게 사셔도 좋으시련만, 어머니는 여전히 도회에 나가 사는 자식들을 위해 아직도 그 거친 손으로 곡식을 가꿔 아들딸들에게 이것저것 챙겨주시느라 쉴 틈이 없으시다.

아무튼 전통적인 우리 어머니들은 오직 자식을 위해 베푸는 것만이 제 삶의 전부인 양 여기고 삶의 즐거움도 오직 자식과 관련지어 생각했다. 요즘 젊은 여성들이야 차츰 자신의 삶을 더 중요하게 생각한다지만 그들도 이 땅의 '어머니'인 이상 '모정의 세월'에서 완전히 자유롭지는 못하리라. 그러한 까닭에 이 땅에 '어머니'가 있는 한 우리의 대중가요도 계속 '어머니'를 노래하지 않을 수 없으리라.

진도는 오늘도 구슬픈 가락으로 일렁이고

섬 하나는 외롭다. 그래서 우리네 섬은 하나로 태어나지 않았다. 어깨를 겨루듯 이마를 맞대듯 크고 작은 섬들이 서로 이웃하여 태어났다. 이름하여 다도해!

섬은 외로워서 하나가 아니지만, 섬은 외로워서 뭍으로 가는 길을 냈지만, 섬은 그렇기에 더욱, 외로운 사람을 그리움이라는 냄새 하나로 모두 끌어당긴다.

그곳엔, 쨍쨍 내리쬐는 여름의 태양 아래 들일을 하다 잠시 허리를 펴고 시집간 막내딸을 생각하며 담뱃진에 전 누런 이를 내놓고 웃음 짓는 '아잡씨'가 있다. 또 다리엔 개펄 잔뜩 묻힌 채 물일을 하며, 돌아오는 추석엔 서울 간 자식새끼들 볼 수 있겠지 하는 생각에 서울 하늘 한번 쳐다보며 손등으로 쓱 땀을 훔치는 '아짐씨'가 있다. 그래서 그 섬에 가면 무엇보다도 그리움의 냄새 한번 오지게 맡을 수 있다.

그리움에 더욱 목마른 사람은 그 섬에 가서 한 십 리쯤 아무 쪽으로나 걸어보라. 발부리에 차이는 돌멩이 하나, 여름 햇살에 졸고 있는 풀잎 하나에도 그리움이 서려 있을 것이다. 천 년을 넘게 그 자리에서 그렇게 아무렇게나 있으면서 자고 깨는 그리움이 거기 있을 것이다.

그러다가 해 질 녘이면 무작정 포구로 가라. 저녁 포구에 가면 물감이 풀리듯 황홀하게 깔리는 낙조 속에 올망졸망한 그리움으로 앉아 있는 작은 섬들이 또 막무가내로 누구든 불러댈 것이다.

그 섬, 그곳은 진도(珍島). 거기엔 단단하고, 오래되고, 설레고, 아찔하고, 가슴 시린 그리움이 있다. 외로울수록 더욱 팽팽해지는 그리움. 그 섬엔 팽팽한 그리움이 있어 소리가 있고, 춤이 있고, 묵향이 있다. 아니 무엇보다도 부서지지 않은 오랜 세월이 아직 있다.

안개의 섬, 감수성의 땅

중학교 졸업하자마자 고향을 떠나 살고 있으니 내 생애 중 타향살이 부분이 훨씬 더 길다. 이런저런 자리에서 내 고향이 진도인 줄 아는 사람은 늘 개 안부를 물어왔다. 통성명이 끝나면 대개가 "진도가 고향이라고요? 아직도 진돗개 많아요?"라고 호들갑을 떤다. 그럴 때면 나는 짐짓 시치미다. "개보다는 사람이 더 많습니다"라고. 사적인 자리뿐만 아니라 공적인 강연 같은 곳에 가도 사회자가 나를 소개할라치면 열에 일고여덟은 진돗개로 유명한 진도가 고향이신 연사를 모셨다며, 사람을 진돗개에 얹혀 소개한다. 이쯤되면 나도 어쩔 수 없다. "맞습니다. 제 고향은 사람보다 개가 더 유명한 진도입니다. 그러나……" 하면서 이야기를 풀어간다.

사실 말이지, 진도는 개만 내세울 곳이 아니다. 춤이나 노래를 비롯한 민속이며 서화, 유배지로서의 분위기, 남도석성을 비롯한 유적지, 조도 관내의 크고 작은 섬들, 바닷길, 월동 배추나 파, 검은쌀, 유자, 구기자, 홍주, 울금 따위도 개 못지않은 가치를 지닌다. 아니, 무엇보다도 진도라는 이름으로 뭉뚱그릴 수 있는, 천혜의 자연이 내뿜는 분위기가 다른 무엇보다도 귀한 곳이다.

고향을 떠나 있지만 나는 한 해에도 몇 차례씩 고향에 들른다. 우선은 노모가 생가에 살고 계셔서 명절이나 윗대 조상들의 제삿날을 뺄 수 없다. 아버지 기일이나 어머니 생신, 또 휴가 때도 형제들이 고향집에 모인다. 그러나 그런 날 말고도 나는 고향에 자주 들른다. 학생들을 데리고 답사를 가기도 하고 문학기행단을 끌고 가기도 하며, 내 작품의 무대를 찾는 촬영진을 따라가기도 한다.

그럴 때에, 동행한 외지인들이 처음으로 진도에 와서 놀라고 반하는 것은 진돗개만도 아니고 민속놀이만도 아니고 농수산물만도, 유물만도 아니다. 그들은 진도라는 땅이 뿜어내는 기운과 그 기운에 어울리게 존재하는 모든 것에 반한다.

진도를 들르자면 이제는 진도대교를 건너는 게 일반적이다. 외지인들은 진도라고 하면 섬이기에 당연히 바다를 건너간다고 생각한다. 그러나 조그마한 섬이라고 생각한 진도 안에 들어오면 푸른 벼나 파에 뒤덮인 드넓은 농토에 입을 벌린다. 특히 겨울의 파밭은 환상적이라고 떠들어댄다. 그뿐인가 남도석성 둘레의 유채나 보리밭을 보면 석성과 어울려내는 분위기에 취해 저마다 석성보다는 석성 안팎을 사진기로 찍어대느라 제시간에 차를 타고 출발하기가 어려울 정도다. 그걸 보면서 나는 문득 이런 생각을 했다. 이제는 유물을 보여주는 시대가 아니라 분위기 혹은 이미지를 보여주는 시대다!

몇 해 전 국립남도국악원에서 대학생들과 함께 일박을 했을 때다. 학생들은 공연도 잘 보고 강강술래도 배우고 장구며 〈진도아리랑〉도 즐겁게 배웠다. 나중에 학교로 돌아갔을 때 학생들이 나를 볼 때마다 인사로 건네는 말은 다시 진도에 가고 싶다는 것이었다.

그런데 그 이유가 뜻밖이었다. 공연도 좋고 강강술래도 장구도 〈진도아리랑〉도 좋았지만 그보다도 더 좋은 건 아침에 숙소에서 일어났을 때 보았던, 멀리 국악원 앞쪽 귀성 앞바다에서부터 피어올라 국악원 가까이까지 감싸는 안개라는 것이다. 다시 그 안개를 보고 싶어 다음번엔 혼자라도 가겠단다. 오래전에 강 아무개 소설가도 그 안개에 매료되어 '진도 안개' 예찬주의자가 되었다. 그분은 특히 진도대교 근처의 안개에 빠져 진도를 '안개섬'이라고 불렀다. 바로 그 안개 때문에 그분은 진도를 찾는다. 나의 학생들도 진도의 안개가 자신들의 작품 어딘가에 스며든 모양이다. 그들에게 진도는 이미 감수성의 땅이다.

어떤 계기로든 진도를 한 번 다녀간 이는 진도와 인연을 끊지 못한다. 소개받은 총각의 고향이 진도라는 것 때문에 느낌이 좋아 결혼을 한 제자도 있고, 삶이 무거울 때마다 진도를 찾는 이도 있고, 어떤 프로그램을 하든 일단 진도의 풍광을 떠올리며 촬영지 사냥을 하는 이도 있다.

바야흐로 지금은 이미지 시대다. 단지 사물이나 대상을 있는 그대로 받아들이는 시대가 아니다. 자신의 심상과 어울리는 분위기의 사물이나 대상을 좇는다. 그런 의미에서 보면 진도는 이미지 천국이다. 그러니 무분별한 개발보다는 있는 그대로 놔두면서 많은 사람들이 저마다 뭔가를 느껴가는 곳이게 해야 한다. 텔레비전 드라마 영향으로 일본인을 비롯한 동남아인들이 자주 찾는 남이섬이나 춘천 같은 곳을 보라. 그곳도 드라마를 통해 형성된 이미지가 무대 배경을 이루는 현실의 지역과 어울려 상승효과를 나타냈다.

인간은 뜻밖에도 합리적이고 이성적인 것보다는 정서적이고 감성적인 것에 마음을 먼저 움직인다. 설명할 수 없는 그 무엇, 단지 느낄 수만 있는 그 무엇이 인간을 더 인간이게도 한다. 현대인은 합리성의 세계에서 기계적 생활을 하는 데에 지쳐 있다. 진도는 바로 그런 현대인들에게 잃어버린 감성을 찾아주는 감수성의 땅이다. 이를테면 감수성의 보고인 것이다. 그러니 뭔가 유형적인 것을 개발해 그걸 보여주려는 관광 정책보다는 있는 그것을 그대로 보여주되 느끼고 가게만 해주어도 된다.

내 듣기로 충청도 서해안 해수욕장 근처의 숙박업소나 가게는 여름보다는 겨울에 더 잘된다고 한다. 바다가 여름에 물에 몸 담그는 곳이라는 획일적 사고에서 벗어나 '겨울 바다'라는 분위기에서 풍기는 감성적인 느낌을 즐기려는 욕구 때문이 아닐까.

진도도 보리 자체보다는 보리밭이 주는 느낌을, 파가 주는 효용보다는 파밭의 싱싱한 이미지를, 인공구조물이 위압적인 유적지보다는 자연이 연출해 내는 원형 그대로를 보여주는 시도를 더 해야 할 것이다.

지방자치제가 실시되면서 각 지자체는 저마다 온갖 축제를 만들고 관광 자원을 개발하려고 혈안이 되어 있다. 진도는 그런 면에서 그다지 호들갑을 떨 필요가 없다. 극단적으로 말하면 어린이에서부터 대학생 성인에 이르기까지 쾌적하게 묵고 갈 숙박 시설만 갖추면 된다고 본다. 진도 자체가 바로 볼거리고 느낄 대상이기 때문이다. 예를 들면 해안을 따라 잘 닦인 도로만 해도 그렇다. 차량 통행이 그리 많지 않으므로 지나다가 학생들을 풀어놓고 한 시간 정도씩 걷게 한다. 그러면 그들은 금세 바다와 산과 하늘과 바람이 이루어내는 조화 속에서 진도 자체를 느낀다. 아니 자신이 바로 '진도 사람'이 되고 만다. 그리하면 진도는 이미 그의 원형질 속으로 빨려 들어 평생을 두고 그는 그 분위기를 못 잊는다.

내 주변에도 벌써 나의 이런 전략에 말려 예술적 감수성이 마를 때마다 진도를 찾는 예술쟁이들이 많다. 주말의 민속 공연이나 남도국악원의 프로그램을 나보다 더 챙기는 사람도 생겼다. 심지어는 남도 답사 때마다 반드시 진도는 들러야 하는 곳으로 알고 있는 인사도 있다. 나는 이제 진돗개에게 열등감을 덜 느껴도 된다. 진돗개 이상으로 진도를 알리고 있으므로.

그 땅 그 하늘

내 시 가운데 유일하게 노래가 된 것은 진도를 노래한 「그 땅 그 하늘」이다. 첫 시집 『진도아리랑』에 수록되어 있는 시다. 지난 1990년대 초에 발표한 가수 김원중의 노래 〈바위섬〉의 작곡가 배창희가 작곡했다. 김원중은 오래전 박선욱 시인 결혼식 때 축가를 부른 이후 볼 기회가 없었는데 어느 해 광주 5·18 행사 때 다시 만났다. 그러나 배창희 작곡가는 오다가다가도 본 적이 없다.

「그 땅 그 하늘」은 시의 의도와 상관없이 가을 축제 때 강강수월래 등이 텔레비전에서 방영되면서 끼워 넣던 노래다. 몇 해 전엔 운전하다 라디오를 무심코 틀었더니 낯설지 않은 노랫말의 노래가 나와서 '뭥미?' 했는데, 내 시라서 쓴웃음을 지었던 기억이 난다.

제주도로 수학여행 가는 고등학생들을 태운 '세월호'라는 배가 진도 앞바다에 가라앉았단다. 그 소식을 들은 지 얼마 지나지 않아 줄곧 내 입에 「그 땅 그 하늘」 노래가 붙어 있었다. 어쩌면 내 무의식 속의 추모였는지도 모른다.

물은 흘러가 버려도
땅은 떠나지 않고
바람은 불다 물러가도
하늘은
그대로 얹혀 있네

그 땅 딛고 살던
고무신은
흰 코 앞세워 떠나고
그 하늘 이고 살던
보릿대 모자는
뒷꼭지 뚫린 채 떠나지만
누구라서
그 땅 그 하늘
끝내
버릴 수 있으랴

떠나면 떠나 있는 그곳에

남으면

앉아 있는 그곳에

보배 땅 숨소리

흙빛으로 보듬고

하늘 저 하늘

두루두루 이고 지고

아리 아리랑 스리 스리랑

아리랑 가락에

지친 몸을 누일까

들뜬 맘을 앉힐까

—「그 땅 그 하늘」

세월호 침몰로 진도 앞바다에서 죽음을 맞이한 아이들. 죽어가는 그 순간 얼마나 공포스러웠을까? 세월호 희생자들은 죽는지 모르고 갑자기 죽은 게 아니다. 죽음을 기다리는 꼴이었다. 죽음을 기다리는 시간의 공포감…… 필설로 다 표현할 수는 없으리라. 세월호의 침몰이 꼭 대한민국의 침몰같이 느껴지지만, 남은 우리가 해야 할 일은 무엇일까?

다시 살아야 하는 고향의 삶

우리 속담에 '고향을 떠나면 천하다'라는 말이 있다. 고향엔 태어나면서부터 알고 지내는 이웃이 있고, 이웃끼리는 서로가 서로를 믿고 걱정해 주고 위해준다. 말하자면 고향에는 공동체적인 삶의 방식이 존재한다.

그러나 고향을 벗어나는 순간 우리는 여러 가지 어려움에 부딪힌다. 우선 낯선 사람들과 마주치기 때문에 서로 믿음을 심어주기 어렵고, 믿음이 없기 때문에 어려움에 빠져도 서로 도움을 나눌 수 없다. 다시 말해 공동체적인 삶의 원리가 잘 통하지 않는 것이다. 그래서 공동체의 원리가 무너진 삶은 필연적으로 천할 수밖에 없다.

고향을 등진 사람 대부분은 새로운 기회와 가능성을 찾아 도시로 몰려들며, 그 도시에선 개개인의 역량을 총체적으로 합치고 조직화하기 위해 온갖 수단과 방법을 다 동원한다. 그리하여 현대 사회의 기계 문명과 물질 문명은 그러한 도시를 중심으로 집단적이고 조직적으로 이루어져 왔다. 우리가 말하는 소위 현대 문명이란 개개인의 개별적이고 자연적인 품성과 능력을 최대한 뽑아내서 집단적이고 기계적인 힘으로 전환하는 것을 뜻한다.

오늘날 서구의 현대 문명, 특히 미국 문명은 '고향 떠나기'에서부터 시작되었다고 할 수 있다. 그래서 미국 사회를 잘 알기 위해선 '고향을 떠나는 미국인'을 연구하는 것이 첫 단추라는 제안을 하는 학자도 있을 정도다. 이때의 고향은 물론 물리적 공간으로서의 고향을 말한다. 그러나 물리적 공간으로서의 '고향 떠나기'는 결국 정신적인 바탕까지 모두 끌고서 고향을 떠나게 한다.

그런데 '고향 떠나기'에서부터 시작하여 집단적이고 기계적인 힘을 무차별로 휘둘러 댄 현대 자본주의 문명의 폐해가 하필이면 지금 우리 눈앞에서 벌어지고 있다.

우리나라의 근대화니 산업화니 하는, 기계와 물질 문명의 추종 바람도 어느 단계까지는 유효했는지 모른다. 그러나 그러한 것만을 추구하는 사회 체제는 인간을 참된 인간성을 가진 존재로서 살아가도록 하지 않는다. 오직 거대한 숫자에 휩싸인 조직의 부속품으로 인간의 삶을 전락시키고 만다. 그리하여 마침내는 어마어마한 숫자 놀음의 허깨비 장단에 이 세상 모든 것이 놀아나고 만다. 보라! 지금 대다수 중생들의 하잘것없는 일상 속 작은 가지까지 부러뜨리고 있는 어마어마한 숫자의 허상을.

우리가 겪은 바 있는 IMF의 구제금융 체제(1997년 말에 시작하여 2001년 8월까지 지속)라는 경제 신탁 통치도 결국은 가장 기본적인 인간 삶의 원리를 무시하고 무작정 세계(화) 경제라는 허상에 붙들려 지나친 물질 문명 위주의 서구 문명을 추종한 데에 그 한 원인이 있다.

그래서 우리는 이제쯤 다시 '고향의 삶'을 살아야 한다. 고향의 삶이란 지금 벌어지고 있는 귀농 현상 같은 물리적 공간으로서의 고향을 찾는 것만을 뜻하지 않는다. 그것은 우리 삶의 밑자리를 제대로 살피고 찾아서 사는 것을 뜻한다.

고향의 삶은 집단적이고 기계적이고 물질주의로 사는 삶이 아니라 공동체적이고 자연적이고 문화주의로 사는 삶이다. 그래서 고향의 삶은 인간을 인간이게 하는 요소를 두루 갖추고 있다. 이웃 간의 유대 관계가 깊고, 깊은 그 유대 관계를 바탕으로 하여 어찌 보면 진정한 의미의 평등 사회를 이루고 사는 삶이 고향의 삶이다. 너나없이 함께 행복해지자는.

그래서 고향의 삶은 결코 천하지 않다. 서로가 서로를 경쟁의 상대로 보기보다는 서로 끌어안고 감싸줘야 할 대상으로 생각하기 때문이다. 그러기 위해 자기희생도 마다하지 않는다. 이웃에 어려움이 있으면 내 일 못지않게 더 열심히 나서서 도와준다. 그러므로 고향의 삶은 믿음이 있고 따뜻하다.

그동안 우리는 그러한 고향의 삶을 외면하고 살았다. 나 혼자 잘 살면 그만이다 하면서 세상이야 어떻게 돌아가든 말든 무사태평으로 쓰고 마시고 버려왔다. 그러나 세상만사 어느 것 하나 서로 관계를 맺지 않은 것이 없다. 세상이 하 수상한데 나 혼자 무사태평할 수 있겠는가? 불가에서 말하는 연기(緣起)의 법칙을 누구라서 외면할 수 있겠는가?

물질 문명이 고도로 발달한 미국이나 프랑스 등지의 젊은이들은 요즘 들어 우리보다 더 열성적으로 선불교와 녹색운동과 생태주의와 자연주의 같은 것에 관심을 갖고 있다. 일종의 정신적인 '고향 찾기'로 볼 수 있다. 그건 무엇보다도 물질 문명 속엔 '인간'이 없는데 반해 앞에 열거한 것엔 바로 '인간'이 들어 있기 때문이다.

그들 나라라고 해서 언제까지나 경제적 호황을 누릴 수는 없다. 이 세상 모든 것은 성주괴공(成住壞空) 하는 것이 만고불변의 진리인데, 그들 나라 사람만 언제까지나 베개 높이 베고 드러누워 배 두드리라는 법이 있겠는가? 그래서 벌써 그 문명의 속내를 알아차린 그들은 다시 삶의 밑자리인 고향의 삶을 되찾기 시작했다. 어쩌면 그들은 '고향을 떠나면 천하다'라는 말의 다의성을 이미 알아차렸는지도 모른다.

물론 '타향도 정이 들면 고향'이고 '아무데고 사노라면 고향'이라는 말도 있다. 맞는 말이다. 그러나 고향 아닌 그런 곳이 고향처럼 되기 위해선 '삶의 공유'가 오랫동안 이루어져야 한다. 다시 말해 타향이 고향이 되기 위해선 바로 고향의 삶이 지속적으로 이루어져야만 한다는 것이다.

지금 우리 사회의 어려움은 '긴급 자금'만 수혈된다고 해서 해결

되지 않는다. 보다 근본적인 삶의 방식이 재정립되어야 한다. 근본적인 삶의 방식은 누가 뭐래도 공동체적인 삶의 울타리를 지키고, 남과 나 사이의 신뢰를 회복하고, 이웃과 이웃 사이의 공동선을 실현하는 것이다. 그러한 것이 바로 그동안 잃어버린 고향의 삶을 다시 찾아 사는 일이다.

고향은 나고 자란 물리적 공간만이 아니고, 우리 존재의 모든 것을 있게 하는 정신적 공간이다. 물리적 공간으로서의 고향이 아니라 정신적 공간으로서의 고향을 찾아 사는 것만이 위기에 찬 시대를 사는 지혜다.

이제야말로 그 정신적 공간을 찾아가는 '고향 찾기'를 해야 한다. 그것만이 우리를 천하게 하지 않을 것이다.

혜진이

기적 소리와 함께 역구내에 들어선 야간열차는 밤새 달려오느라 지친 탓인지 마지막 입김을 헉헉 뿜어내며 두어 번 덜커덩거린 뒤 이내 곧 섰다. 그러자 승강구 쪽으로 사람들이 쏟아져 나가기 시작했고 나도 그 틈에서 허름한 책가방을 옆구리에 낀 채 열차에서 내렸다.

잠시 후 출구를 나서자 밤새 졸음을 이기며 역 광장을 지키고 있던 푸르스름한 가로등 불빛이 나를 맞았다. 왠지 새벽 가로등 불빛은 사람을 처량하게 만든다는 생각을 하며 어디로 갈지 잠시 망설였다. 이른 새벽에 친척집으로 들어가기도 좀 뭐하고 그렇다고 여관 같은 데 가서 한숨 잘 수 있는 호주머니 사정이 되는 것도 아니었다. 몇 군데 취직 시험이랍시고 보았더니 그중 한 군데서 면접 보러 오라는 연락이 와서 부랴부랴 야간열차를 타고 상경했는데 면접 시간까지 너무 많은 시간을 기다려야 했다. 나는 약간의 망설임 끝에 역 대합실로 가서 버스가 다닐 때까지 기다리기로 했다.

역 대합실엔 새벽차를 탈 사람들인지 제법 많은 사람들이 의자에 엉덩이를 되는대로 걸친 채 불안한 자세로 졸기도 하고, 하품을 하면서 주간 잡지를 뒤적이기도 했다.

나는 구석진 곳에 있는 의자에 가 앉았다. 졸리지는 않고 그렇다고 무료한 시간을 그대로 있기도 뭐해 밤 열차 속에서 내내 보던 신문을 가방에서 다시 꺼냈다. 이미 몇 번씩 훑은 것이라 볼 것은 없었지만 되새김질하듯 기사 제목들을 뒤적거렸다. 그렇게 건성으로 신문을 뒤적이고 있는데 왠지 목덜미가 근질근질한 기분이 들어 고개를 오른쪽으로 돌렸다. 그러자 건너편 의자에 있던 젊은 아가씨들이 뭐라고 투덜대며 나를 쳐다보고 있었다.

"이 짓도 못 하겠어. 한겨울엔 좀 낫더니 날씨 풀리니 누가 따라가 줘야지……."

"아쉬운 대로 단속만 안 해도 좋겠어. 우리가 몇 푼이나 번다고……."

대충 그런 소리를 하면서 아가씨들은 힐끔힐끔 나를 쳐다보더니 갑자기 한 아가씨가 생긋 웃으며 나에게 다가와 사근사근한 목소리로 말을 걸었다.

"총각 아저씨, 혼자세요?"

"……."

"먼 데서 오시는 길인 것 같은데 날 샐 때까지 좀 쉬었다 가시죠?"

나는 '열차를 기다리는 중이라 시간이 없어요'라고 대답을 하려다 아가씨들이 이미 내가 열차에서 내린 걸 다 알고 있는 듯해 아무 대꾸 없이 그저 신문만 뒤적이며 머뭇거렸다. 그러자 나머지 한 아가씨마저 가세했다.

"따뜻한 방이 있는데……. 싸게 해드릴게요. 제가 책임지고 잘해드리고요……. 아니?"

그녀는 그렇게 말을 더듬더니 얼굴을 확 가리며 대합실을 뛰쳐나갔다. 그러자 다른 아가씨가 "왜 그래? 왜 그래?" 하며 따라 나갔다. 그때까지 졸며 앉아 있던 사람들은 일제히 이쪽을 쳐다보았다.

난 가슴이 덜컥했다.

'맞다, 혜진이다!'

그렇게 판단이 서자 나도 역 대합실을 뛰쳐나갔다.

"혜진아! 혜진아!"

그렇게 불렀지만 그들은 이미 역 광장 어느 곳에도 없었다.

혜진이, 그녀를 하필 이런 식으로 만나다니……. 난 걷잡을 수 없는 슬픔이 솟았다. 아니, 분노가 솟았다.

혜진이, 그녀는 나의 소꿉동무였다. 국민학교 들어가기 전까지는 사금파리나 구기자 열매 같은 것으로 살림 흉내를 내며 빠끔살이를 같이 하곤 했다. 그런데 국민학교 들어가면서부턴 그런 놀이를 하지 않게 되었고, 더구나 학년이 높아져 갈수록 우린 서로 말도 잘 하지 않게 되었다.

그 당시 우리 고향에선 누구 집이나 할 것 없이 보리밥이 주종이었고 쌀밥은 제삿날이나 명절에 먹어볼 수 있었다. 그런데 혜진이 집은 아버지가 계시지 않아서 생활이 더 어려웠다. 그래서 고학년이 되어 오후 수업이 있는 날이면 혜진이는 늘 도시락을 싸 오지 못하거나 도시락을 가져오더라도 보리밥보다도 못한 서숙밥(좁쌀밥)을 싸 오곤 했다. 어린 마음에 그나마 보리밥도 못 싸 오는 자신이 늘 창피하게 여겨졌던지 혜진이는 도시락을 감추고 혼자서 밥을 먹었다. 한 숟갈 떠먹고 잽싸게 뚜껑을 닫고, 또 얼른 한 숟갈 뜨고…….

혜진이는 점심시간을 제일 괴로워했다. 누구 하나 살림이 더 나을 것도 없어 그러한 것이 흉도 아니었건만 어린 마음엔 무척 자존

심 상하는 일로 여겨졌던 모양이다. 그렇게 어려운 생활 끝에 국민학교를 졸업하자 대부분의 우리 친구들이 그랬듯이 혜진이도 중학교에 진학하는 대신 고향을 떠나 서울로 갔다. 그런 뒤 얼마 동안 서울 어느 사장 댁에서 애 봐주며 밥 부쳐 먹는다는 소식이 들려왔고 설이나 추석 때면 간혹 고향에 다녀갔다고 했다.

그런데 몇 해가 지난 뒤 새로 취직했다는 편지 한 통이 시골에 날아온 뒤론 소식이 뜸해졌다. 간혹 들리는 소문에 의하면 공장에 취직했다는 말도 있고 다방에서 봤다는 말도 있고 술집에 나간다는 말도 있었다.

혜진이 어머니는 그런 소리를 들으면 들을수록 더욱 딸을 기다렸다. 가끔 생활비는 부쳐왔지만 생활비보다는 전처럼 명절 때만이라도 딸이 다녀갔으면 하는 마음뿐이었다. 그런데 그런 혜진이를 몇 년 만에 만난 것이다. 아, 이럴 수가!

덜 익은 서울말로 화장한
고만고만한 여자들
내 팔을 잡아당길 때
하필이면
혜진이를 보았네
보지 않았어야 좋을
그녀를
서울역에서 보았네

혜진이 엄니는

추석이나 설달그믐이면

아직도

딸을 기다리는데.

—「혜진이」 중

역 광장의 가로등 불빛이 사그라지는 걸 느낄 수 있었다. 시간이 꽤 흐른 모양이었다. 나의 서울 생활은 그렇게 희미해지는 가로등 불빛처럼 가슴이 오그라질 대로 오그라진 채 시작되었다.

서늘한 그리움을 남기다

평균 수명으로 따져볼 때 인생 후반기에 진즉 접어든 지금도 나는 '소녀'라는 말이나 '여인'이라는 말을 들으면 까닭 모를 그리움으로 가슴이 싸하다. 이름하여 '서늘한 그리움'이다. 가슴 한구석에 그리움의 존재로 남아 있기는 하지만 내 힘으론, 아니 내가 세상과 지은 인연으론 어찌해 볼 수 없기에 그만 서늘한 그리움인 것이다.

길지 않은, 아니 짧지 않은 삶을 사는 동안 나는 적지 않은 사람들을 만났다. 그런데 이 세상의 사람이란 게 고작 남자 아니면 여자여서 당연히 내가 만난 사람의 절반은 남자고 나머지 절반은 여자였다. 내게 서늘한 그리움의 대상이 되는 사람은 당연히, 여자다.

국민학교 시절에는 머리를 길게 땋아 내린 여자애만 봐도, 하늘색 원피스를 입은 여자애만 봐도, 긴 눈썹을 내리깔고 나긋나긋하게 말하는 여자애만 봐도 가슴이 콱 막혔다. 그러나 내가 적극적으로 그들에게 다가가 말 한마디라도 붙여본 적은 없었다. 그들은 나만이 좋아하고 만 '예쁜 아이'이고 '약국집 딸'이고 '부반장'일 뿐이었다.

나중에 이런 생각을 안 해본 건 아니었다. 그들 가운데 하나라도 나를 좋아하는 애가 있지 않았을까? 그렇다면 그들은 왜 나에게 한마디라도 말을 붙여오지 않았을까, 하는 생각. 그들 역시 자신들의 기준으로 사내애들을 재고 있었는지 모른다. 그렇다면 나는 그들에게 어떤 모습으로 읽혔을까? 그러나 이런 생각들을 지금까지 확인해 볼 기회는 없었다. 어쩌면 앞으로도 영영 없을지 모른다. 찾고자 한다면 어떻게 하든 동창생을 찾을 수 있겠지만 나는 그럴 생각이 없기 때문이다. 한때 내 가슴속 서늘한 그리움의 대상이 되었던 이들이지만 지금 새삼스레 그들을 찾아본들 뭐하겠는가? 그들은 내게 영원한 '소녀'일 뿐이다.

그 소녀들의 얼굴이 나중에 어떻게 변했는지는 차라리 모르고 사는 게 나을 것이다. 누구한테 시집을 가서 어떻게 사는지도 마찬가지일 터. 그들의 오늘 모습을 다 알고 나면 내가 간직하고 있는 그 시절의 풍경 또한 이지러지고 말 것이다.

사실 나는 내 서늘한 그리움의 대상이었던 소녀들 가운데 몇은 벌써 내 작품 속으로 불러내서 만났다. 그렇게 만나는 게 현실 속에서 만나는 것보다 더 '연애적'이라고 생각했기 때문이다.

이렇게 보면 나는 벌써 국민학교 때부터 근사한 연애를 꿈꾸었는지 모른다. 그러나 '소녀'를 대상으로 한 연애는 눈물 머금은 그럴싸한 이별은커녕 어깨에 손 한번 올려보지 못한 짝사랑이나 풋사랑으로 끝나버리고 말았다.

중고등학교 때는 국민학교 때보다 좀 더 구체적인 사랑을 했다. 단순히 긴 머리와 원피스와 부반장으로 표상되는 선망의 대상이 아닌, 소녀 이미지로 꽉 찬 여자애가 아닌, '여인'의 티가 점점 갖추어져 가는 여자로 그들이 변해 있었으니까. 이때 나의 눈길과 마음이 가 머문 여자들은 국민학교 때의 여자애들이 아니었다. 나는 이미 더 큰 세상으로 나와 있었으니까. 면 소재지에서 읍내로, 읍내에서 도청 소재지로 내 활동 무대가 넓어진 것이다. 거기에 따라 내 그리움의 대상도 폭이 더 넓어진 것이다.

중고등학교 때는 교과서에서도 연애를 배웠다. 「소나기」, 「별」, 「인연」, 「님의 침묵」 등의 문학 작품은 사춘기 아이들의 가슴속에 저마다의 연애상을 만들어주었다. 교과서에서 시작해 시집과 소설을 거쳐 연애에 필요한 기본적인 감수성을 익힌 나는 좀 더 본격적인 연애 학습을 시작했다.

고등학교 고학년이 되었을 때 나는 그동안 나름대로 익히고 확인한 감수성을 바탕으로 나와 동급생인 자취방 주인집 딸의 일거수일투족에 신경을 썼다. 그러나 겉으론 애써 무관심한 척했다. 그녀와 대화를 나눌 기회가 있으면 나는 말 한마디 표정 하나도 나름대로 생각하려고 애를 썼다. '연애는 교양의 시초'라고 한 괴테의 말이 실감 나는 시절이었다. 나는 최대한 교양 있어 보이게끔 한껏 노력했다. 그 결과, 그녀가 더 성숙한 여인이 되어감에 따라 나도 거기에 걸맞은 품위와 격을 꽤 갖출 수 있었다.

그 무렵 교과서에서 보여준 연애라는 건 기실은 아주 초보적이고 유치하다는 걸 나는 눈치채고 말았다. 그렇다면? 마침내 나는 나의 언어로, 주체할 수 없는 나만의 느낌을 담은 시를 쓰기 시작했다. 내가 쓴 시를 읽어줄 사람은 오직 한 사람, 그 '여인'이면 족했다. 나는 '연애를 하면 누구나 시인이 된다'는 플라톤의 말에 전적으로 동의했다.

그러나 사랑은 헤어짐으로 완성되는가? 내가 그 집을 떠나 다른 집으로 이사한 뒤에는 그녀를 만날 수 없었다. 그 무렵 우리가 배운 영어 교과서엔 이런 구절이 있었다. 'Out of sight, Out of mind.(안 보면 멀어진다.)' 그리고 교과서에 들어 있던 시 「님의 침묵」의 참고서 해설문은 회자정리를 이르고 있었다. 다만 사랑에 빠져 있을 땐 이런 구절이 눈에 들어오지 않았을 뿐이다.

아직 대입 본고사가 치러지기 전인, 하얗게 눈이 내린 겨울 어느 날 새벽이었다. 나는 본고사 준비를 하느라 집 가까운 사설 독서실에서 밤을 새우고 통금이 풀리자마자 아직 아무도 밟지 않은 눈길을 밟으며 집으로 돌아왔다. 눈 그친 하늘에선 하얀 달빛이 쏟아져 내리는 새벽이었다. 나는 하늘을 쳐다보며 그녀를 생각했다. 이 밤, 그녀도 대학 입시 준비를 하고 있을까? 밖에 이렇게 눈이 많이 오고, 하늘에선 하얀 달빛이 쏟아지고 있는 걸 알기나 할까? 하는 생각을 하며 하얀 눈길에 발자국을 길게 찍었다.

입시가 끝난 뒤 벼르고 별러 그녀를 찾았다. 그러나, 그녀는 이미 이 세상 사람이 아니었다. 나는 그녀가 왜 이 세상 사람이 아닌지를 알아볼 엄두도 나지 않았다. 여태껏 나는 그녀가 왜 세상을 떠났는지 모른다. 그러나 확실한 것은 그때까지 내가 읽은 수많은 소설 속의 이야기가 내게도 일어났다는 사실이다. 이래서 현실은 소설보다 더 기막히다는 표현이 가능한지 모른다.

나는 그녀를 의식하며 썼던 시를 모두 연탄아궁이 속에 처넣어 버렸다. 잠깐 맛본 사랑의 열병과 죽음의 허망함이 시뻘건 연탄불 위에서 활활 타고 있었다. 잘 가라 여인이여! 국민학교 때의 '소녀'들과 마찬가지로 그녀의 어깨에 손 한번 올려본 적이 없지만 그때까지 그녀는 내 '여인'이었던 것이다.

이리하여 '소녀'가 아닌 '여인'마저도 내겐 '서늘한 그리움'만을 남기고 말았다. 나는 소설 『나는 아름답다』에 내가 그리워했던, 나를 이해했던 '여인들'을 불러냈다. 물론 여러 이미지를 합성하기도 하고 바꾸기도 했다. 그러나 결코 외면하거나 버릴 수 없는 시절에 내가 만났던 여인들이기에 한 단면이라도 그려보려고 했다. 그 시절은 나의 청소년기였다. 얼마나 빛나고 찬란했던 시절인가! 다시 그 시절로 돌아갈 수는 없지만 청소년 시절을 살고 있는 이들의 모습에서 내 모습을 그려낼 수는 있다. 내가 그러했기에 나는 요즘 청소년들의 연애도 이해한다. 연애를 하는 자는 스스로 자라고 있다는 증표이기 때문이다. 하지만 자라는 데에는 무지막지한 성장통이 동반한다는 것도 잊지 말았으면.

봉숭아 물들이기

오래전, 아이가 어렸을 적 어느 여름날이었다. 어린 아들과 함께 외출하느라 골목길을 바삐 내려갔다. 앞에 뛰어가던 아들이 걸음을 멈추더니 뒤돌아보며 소리를 질렀다.

"아빠! 저 집은 화분이 주렁주렁 열려 있어요!"

아들의 말마따나 그 집 베란다 바깥벽에 놓인 화분에는 온갖 꽃이 '주렁주렁 열려' 있었다. 더러는 끈에 매달려 있고, 더러는 창틀 아래 틈새에 오밀조밀 박혀 있었다. 놀라운 것은 화분마다 다 다른 종류의 꽃이 피어 있다는 사실이었다.

"야, 멋지다. 골목이 다 환하구나."

"그렇죠, 아빠? 등불을 켜놓은 것 같죠?"

"등불이라고? 맞아, 꽃등을 많이도 켜놓았구나."

꽃을 가꾼 이의 정성이 대단하다는 생각이 들었다. 나는 화분 서너 개도 제대로 관리를 못 해 꽃을 피우기는커녕 걸핏하면 말려 죽이고 만다. 그런데 그 연립주택 이 층엔 수십 개나 되는 화분이 잘 가꾸어져 있었다.

꽃을 가꾸는 이는 뜻밖에도 여든이 넘은 할머니였다. 우연히 인사를 트게 된 날 나는 깜짝 놀랐다. 할머니의 허리가 거의 기역자로 꺾여 있었기 때문이다.

"할머니, 힘들지 않으세요?"

나는 거동이 불편해 보이는 할머니가 좁은 베란다를 오가며 수많은 화분을 가꾸려면 몹시 힘이 들겠다는 생각을 했다. 그런데 할머니의 대답은 전혀 뜻밖이었다.

"힘들기는……. 이나마 날 움직이게 하는 게 얘들인데."

할머니는 아침에 일어나면 화분 하나하나를 어루만지며 이야기를 나눈다고 했다.

"얘들이 내 말을 아주 잘 들어주거든."

"꽃들하고, 무슨 얘기, 하세요?"

나는 말벗이나 하는 심정으로 가볍게 물었다.

"영감 얘기도 하고, 골목 지나다니는 사람들 얘기도 하고……."

"할아버지는 안 계세요?"

"벌써 사십 년 전에 세상 버렸어."

나는 괜히 물었다 싶었다. 그래서 얼른 말머리를 돌렸다.

"할아버지도 꽃을 좋아하셨어요?"

"응, 좋아했지. 이 화분들, 다 영감이 장만했던 거야."

나는 고개를 끄덕였다. 화분의 생김새가 날렵하지 못하고 투박한 게 요즘 것은 아니라는 생각이 이미 들었다.

"근데 할머니, 꽃들하고 지나다니는 사람들 얘기는 어떻게 해요?"

"그거 별로 어려운 것 아냐. 아침마다 바쁘게 뛰어가느라 우리 집 베란다에 눈길 한번 주지 않는 사람들은 흉을 보고, 아무리 바빠도 쳐다보고 가는 사람은 칭찬해 주지."

"꽃들이 알아들어요?"

"그럼, 기분 좋은 얘기 들으면 꽃도 탐스럽게 피우고, 언짢은 얘기 들으면 자꾸만 움츠러들어."

"사람하고 똑같네요."

"사람보다 낫지……."

할머니는 자식이 여럿 되지만 같이 살지 않는다고 했다.

"꽃들이 내 자식이야……."

할머니는 손을 휘휘 저었다. 손톱마다 주황색 물이 들어 있었다.

"어, 할머니 봉숭아 물들였네요."

"응, 영감이 들여준 거야."

"할아버지가요?"

"새색시 때부터 봉숭아 꽃잎 따서 해줬어."

"지금은 할아버지가 안 계시잖아요……."

나는 알 수 없다는 표정을 지었다.

"영감이 심었던 봉숭아꽃에서 해마다 씨를 받아 다시 심어. 꽃이 피면 이렇게 물들이지. 그러니까 영감이 들여주는 거나 마찬가지야."

나도 모르게 눈물이 핑 돌고 정신이 아득해지는 느낌을 받았다.

"봉숭아 물이 예쁘게 들어야 저승길이 밝아진다는데……."

"예뻐요, 무척 예뻐요."

나는 할머니의 한 손을 두 손으로 꼭 쥐고서 진심으로 말했다. 할머니 볼이 발그스름해지면서 수줍은 목소리로 말했다.

"봉숭아 씨 좀 나누어줄까?"

할머니는 봉숭아 씨를 두어 숟갈 정도 내주었다.

봄이 되자 베란다에 제멋대로 굴러다니는 화분마다 봉숭아 씨를 심었다. 두 숟갈 분량의 봉숭아 씨는 꽤 많은 양이었다.

그해 여름엔 유난히 비바람이 많이 쳤다. 그때마다 나는 할머니 집 베란다의 화분들이 걱정되었다.

"아빠! 할머니 집 화분이 떨어져 깨졌어요."

비 갠 오후, 밖에서 아들 녀석이 뛰어 들어오며 지른 소리였다. 나는 불길한 예감이 들어 할머니 집으로 갔다. 할머니 집은 문이 잠겨 있었다. 골목엔 바람에 날려 깨진 화분 조각이 어지러웠다.

며칠 뒤, 할머니의 장례식이 끝났다는 것을 알았다. 할머니가 없는 집에서도 여름 동안은 꽃이 피어 있었다. 우리 집 화분에선 분홍과 주황 봉숭아꽃이 섞여 피어났다. 아들 녀석과 나는 봉숭아 꽃잎을 따서 백반과 함께 버무려 손가락에 동여맸다. 생전 처음으로 하는 봉숭아 물들이기였다. 할머니의 저승길이 밝아지기를 바라고 바랐다. 참으로 긴 여름이었다.

2장

낯선 풍경, 함께하는

향 한 대에 삼독을 태우며

향 한 대를 피운다.

그리고 피어오르는 연기를 바라본다. 흩어지는 연기를 따라 낮 동안 찌들고 얽혔던 마음이 조금씩 누어져 간다. 이내 곧 나는 가부좌를 틀고 앉는다. 그렇게 앉아 향 한 대가 다 타도록 무자화두(無字話頭)를 끌어안는다.

나는 하루 중 잠자기 직전에 이렇게 나를 정화하는 시간을 갖는다. 그래 봐야 겨우 삼십여 분. 그렇지만 그 시간은 내가 어지러운 이 세상에서 쓰러지지 않고 두 발로 이만큼이나마 서 있을 수 있게 해주는 아주 중요한 순간이다.

산다는 것, 그것은 끊임없이 자기 자신을 일으켜 세우는 일이다. 세상일에 시달리고 다른 사람들로부터 상처받고 자기 자신한테마

저 혐오의 염(念)이 일어나 주체할 수 없을 만큼 흔들릴 때, 그때마다 우리는 스스로를 다시 일으켜 세워야 한다. 나는 문학을 하는 사람이어서 더 그런지 모르지만 조그마한 일에도 늘 마음이 상한다. 보통 사람 같으면 허허 웃어버리고 넘어갈 일이나 술 한 잔에 털어버릴 일에도 그러지 못하고 늘 가슴앓이를 해야 한다.

그럴 때마다 쓰러진 나를 다시 일으켜 세우는 방법은 앞에서 말한 대로 향 한 대 피워놓고 無 자를 끌어안는 시간을 갖는 것이다. 처음엔 마음이 심란할 때마다 그렇게 해왔는데 차츰 그 시간이 규칙화되어서 이젠 거의 매일 가부좌를 틀고 앉게 되었고, 그 세월도 십 년쯤 흐른 것 같다. 그 시간이 새벽이 아니고 한밤중이라서 다른 사람들이 생각할 때 조금 엉뚱하긴 하겠지만, 내 나름대로 의미가 적지 않다고 생각한다. 더구나 나 자신도 모르게 내게 달라붙은 그날그날의 탐진치 삼독까지 향 한 대의 연기 속에 다 태워버리면서 끌어안는 無 자라니!

물론 아침에도 내 나름대로의 예불을 드린다. 불자들이나 절집에서처럼 엄격하고 격식을 갖춘 예불은 아니지만 말이다. 남이 들으면 신심이 덜 갖춰진 녀석이라고 할진 모르지만 나만의 예불 드리는 방식은 좀 특이하다.

자리에서 눈뜨자마자 나는 조간신문을 들고 화장실로 달려가 삼독이 흠씬 밴 배설물을 아래로 쏟아내 버리는 일부터 시작한다. 그런 뒤 곧 양치질을 하고 머리를 감는데 그때 콧소리로 「반야심경」을 읊는다. 이어 수건으로 머리를 털며 밖으로 나와서는 책장 유리에 머리를 비춰보며 머리를 빗는다. 아, 그런데 그 책장 유리창 너머엔 부처님이 계신다. 내가 이십 대 때부터 모시고 있는(사기인지 도자기인지 무슨 재질로 빚었는지도 잘 모르지만), 가운뎃손가락 크기만 한 부처님이 연꽃 사진이 박힌 엽서를 배경으로 한 채 앉아 계신다. 난 아침마다 머리를 빗으며 그 부처님과 대화를 나눈다.

이 대화 시간에 난 현실적인 문제를 해결하기도 한다. 마음으로만 간직하고 있던 어떤 문제들의 해결 방안이 덜컥 떠오르기도 하는 것이다. 수행의 방식은 자기가 처한 상황에 따라 가장 알맞은 방식을 택하는 것이 좋다고 생각하는데 지나친 자위일까?

세월아, 나는 너를 미워하지 않으련다

하얀 눈이 펑펑 쏟아지고 있다. 새벽에 집을 나설 때부터 하늘이 끄무레했는데 기어이 하늘 밑이 터지고 만 것이다. 밤새 잠을 못 이루고 이리 뒤척이고 저리 뒤척이다가 문득 서해안 끝에 있는 암자가 떠올라 무조건 집을 나섰다. 거기 가본들 무슨 뾰족한 수가 있는 건 아니지만, 이십 대 초반에 이런저런 연유로 그 절밥을 몇 달 축낸 적이 있어 쉽게 그곳이 떠오른 모양이었다.

나는 몹시 지쳐 있었다. 어려서부터 잔병치레를 많이 하기는 했지만 아주 드러누운 일은 없었다. 그런데 학교 다닐 때 객지에서 무리를 해서 그랬는지 한참 힘을 써야 할 청년 나이 때 그만 병마에 시달리게 되었다. 어찌어찌하여 한쪽이 낫고 나면 이어서 다른 쪽에 탈이 나 몇 달씩 식사하는 것도 조심해야 할 만큼 고달픈 나날을 보내야 했다. 몸이 그러니 무슨 일을 한들 제대로 할 리가 있었겠는가.

대학 때 전공에 따른 전문직 진출을 하려고 몇 번 시도도 해보았지만 제대로 된 준비를 할 수 없어 곧 내치고 말았다. 차선책으로 일반 기업체에라도 들어가려고 했지만 178센티미터의 키에 겨우 50킬로그램 나가는 몰골로 입사 신체검사를 통과하는 일은 쉽지 않았다. 더구나 대학 졸업반 때 내 살던 도시 현장에서 겪었던 참상(5·18 광주민중항쟁)은 시간이 지나면서 잊히는 게 아니라 오히려 가슴 저 깊은 곳에 상처가 되어 자리를 넓히고 있었다.

결국 난 이래저래 심신이 모두 망가질 대로 망가지고 말았다. 그때 그 암자가 떠올랐던 것이다. 가보자, 무조건. 괴로울 때는 낯익은 동구 밖 늙은 소나무만 봐도 위안이 되는 법.

목포가 종점인 차를 타고 서울을 벗어나자 차창 밖에 눈꽃이 날리기 시작하더니 정읍을 지나고 나주를 지날 때쯤엔 아예 하늘 밑이 터진 듯이 퍼부어댔다. 봄이 멀지 않은 날씨가 포근한 탓인지 다행히도 찻길에 눈이 쌓이지는 않았다. 목포에 도착했을 때는 눈발도 멈췄다.

암자 가까운 마을에 가는 차로 갈아타고 암자 입구에 도착해서 산을 올려다보자 눈이 쌓여 있긴 했지만 낯익은 모습 그대로의 산길이 눈에 들어왔다. 눈에 발이 폭폭 빠지는 산길을 한 발 한 발 걸어 올라갔다. 무엇 때문에 눈 쌓인 산길을 걸어 올라가는지조차 더듬어보지 않고 오직 그곳을 가봐야 한다는 생각뿐이었다.

산의 속삭임이 다정하게 들려왔다. 속세의 묵은 때나 병고에 찌든 때를 씻겨주기라도 하려는 듯 은빛의 세계는 나를 포근하게 받아주었다. 그러나 워낙 몸이 쇠약해 있었던지라 몇 걸음 못 가서 한 번씩 쉬어야 했고 숨은 턱 끝까지 차올라서 헉헉거렸다. 그렇지만 어서 그곳에 가봐야 한다는 생각뿐이었다.

마침내 산꼭대기에 다 올랐다. 거기서부턴 산등성이를 따라 옆으로 내려가기만 하면 된다. 거의 다 온 거나 마찬가지였다. 옛날에 그곳을 오르내릴 때 늘 걸터앉던 바위는 수년의 세월이 흘렀음에도 오롯이 그곳을 지키고 있었다. 변하는 건 사람뿐인가. 거기에 앉으면 저 멀리 서해 앞의 낙조가 환장하리만치 붉은 색깔로 유혹했다. 그러나 눈이 온 뒤라 옛날 같은 낙조를 볼 수는 없었다. 발길을 얼른 암자 쪽으로 잡았다. 낯익은 풍경이 한눈에 들어왔다.

심장이 벌렁거리는 듯했다. 한걸음에 내달렸다. 내 발걸음은 절 마당 구석에 서 있는 동백나무 앞에서 멈췄다. 정말 모를 일이었다. 왜 거기서 멈췄을까? 순간, 눈 속에서 동백꽃이 붉은 이마를 내밀고 있었다. 세상에! 봄눈 속에 동백이 피어 있다니! 눈물이 핑 돌고 코끝이 찡했다.

그다음은 모른다. 정신을 차리고 보니 법당 차디찬 마룻바닥에서 부처님을 향해 엎드려 있었다. 지난 세월 동안의 갖은 번뇌와 고통을 부처님 발아래에 내려놓고 울고 있던 것이다. 다시 일어나 기운이 다 빠질 때까지 절을 했다. 그동안 떠돌았던 수년의 세월 동안 짊어지고 있던 육체와 정신의 고통을 다 쏟아내 버렸다. 부처님의 눈길이 점점 따뜻하게 다가옴을 느낄 수 있었다. 촛불이 갑자기 확 커지는 것 같더니 나를 붙들고 있던 어둠이 내게서 순식간에 빠져나갔다. 그다음은 더이상 말이 필요 없나니.

그날 이후 난 나의 새로운 길을 걷게 되었다. 아, 세월아 나는 너를 미워하지 않으련다!

마음이 부처라네

"스님, 부처님 법대로 산다는 게 어떤 것일까요?"

"부처님 법대로 살아요? 그렇게 살 수 없어요. 재가 신도는 물론 출가 승려도 부처님 법대로 살 수 없어요."

뜻밖의 대답이었다. 혼탁할 대로 혼탁해진 세상. 부처님 법대로 산다는 것의 어려움을 도우(道雨) 스님께서는 생전에 이렇듯 뒤집어서 말씀하셨다. 그래서 물음은 우문이 되고 말았고, 질문자는 당황스러웠다. 그러나 기왕 우문을 시작했으니 내친김에 우문 한 자락을 더 깔아보았다.

"스님께선 세상에서 가장 귀한 게 무엇이라고 생각하고 계십니까?"

"귀한 것? 그런 것 생각 못 해봤어요. 세상 모든 게 물 위에 뜬 거품 같은 것인데 세상에 귀한 게 뭐 있겠어요."

질문자는 속으로 스님이 세상에서 가장 귀한 거라고 내세우실 만한 것을 헤아리고 있었다. 그러나 예상은 여지없이 무너지고 말았다. 스님은 귀한 게 아무것도 없으시다며 칼로 무 토막 자르듯 단호하게 말씀하셨다. 질문자의 속마음을 이미 알고 계시기나 한 것처럼.

잠시 침묵…….

법당에서 들려오는 염불 소리와 절 뒷산에서 울려 퍼지는 매미 소리가 스님 방으로 쏟아져 들어왔다. 염불 소리, 매미 소리가 있어 침묵이 그나마 어색하지 않았다.

난 가만히 사는 사람이오

"난 세상에 이름난 유명한 사람도 아닌데 들을 말이 뭐 있다고……, 난 가만히 사는 사람이오."

인사를 올리기가 무섭게 스님은 별로 들려줄 말이 없다며 빗장부터 지르셨다. 하지만 스님이 불자들에게 들려주실 말씀이 왜 없었겠는가?

"요즘 세상 돌아가는 것 보면 걱정입니다. 출가 승려들은 승려들대로 수행에 힘을 쏟지 않고 자동차나 타고 나돌아다니기 좋아하고, 마을 사람들은 마을 사람대로 신심이 떨어져 절에 올 때만 겨우 나무아미타불 하면서 불자 시늉만 내지 집에 돌아가기가 무섭게 싹 잊어버리니 걱정이에요."

그제야 스님의 속내를 좀 알 듯했다. 스님의 도발적인 대꾸가 왜 나왔는지를. 스님은 걱정이 많으셨다. 세상이 혼탁해질수록 불자들이 신심을 더욱 튼실하게 붙들어 매야 하는데 실제 수행하는 일은 자꾸만 뒷전으로 밀쳐내고 있는 것이 안타까우신 것이었다.

"각자 저마다의 근기에 맞게 참선 수행을 하든 염불 수행을 하든 열심히 해야 하는데 요즘 사람들은 그렇지 않아요."

그래서일까? 이미 천 년도 더 전에 도선(道詵) 스님이 이곳 산세를 보고 말법 시대에 불법을 다시 일으킬 만한 곳이라 여겨 절을 세웠다고 한다. 이름하여 도선사(道詵寺). 그 먼 옛날 도선 스님은 이미 우리 시대의 혼탁한 모습을 꿰뚫어 보신 걸까? 도우 스님은 그 도선사에 계셨다.

"두 가지 길밖에 없어요. '이 뭣고' 화두를 한시도 놓치지 않고 열심히 참구하든가, 나무아미타불을 지성으로 염(念)하든가 하는 일이지요. 자신에게 맞는 방법을 택해서 열심히 수행을 해야 돼요. 결국은 하나를 위한 각 방편이니까요."

스님이 말씀하신 그 '하나'는 물론 마음을 깨치는 일이다.

도우 스님은 젊은 시절엔 문경 봉암사 등지에서 청담(靑潭) 스님과 성철(性徹) 스님 등을 모시고 참선 수행을 하셨다. 또 그분들이 이끄시는 대로 불교 정화 운동에도 참여하고 우리 절집의 여러 규칙과 출가자의 복장 등에 대한 기틀을 만드는 일에도 적극 참여하셨다. 그러나 도우 스님은 그런 일로 자신을 세상에 드러낸 적이 없었다. 스님 자신의 말씀 그대로 그저 가만히 사는 사람이었을 뿐.

개인적으로는 청담 스님과 성철 스님을 가장 존경하셨다는 도우 스님. 그래서 그분들과 맺은 인연을 무척 소중하게 여기셨다.

"성철 스님으로부터는 용맹정진을 하는 동안 『육조단경』 강의도 들었지요. 그런데 그 말씀 한마디 한마디가 마치 폭포수가 가슴을 치는 듯한 울림을 주었어요. 그 전에는 미처 느껴보지 못했던 희열이었어요."

그땐 사찰의 수행 환경이 여러 가지 면에서 열악했다. 그러나 수행에 대한 열정만은 대단해서 누구 하나 예외 없이 하루에 나무 두 짐씩을 하면서 하루 일하지 않으면 하루 먹지 않는(一日不作 一日不食) 자세로 살았다. 되돌아보니 그게 오늘날 조계종단의 기초를 다지는 일이기도 했다. 그렇게 성철 스님 등을 모시고 출가납자의 기본 태도를 익힌 뒤 도우 스님은 청담 스님의 권에 따라 정토 발원도 같이 하게 되었다.

제 성품을 보는 지혜의 등불

"그런데 참선만 하고 염불을 하지 않으면 열에 아홉은 그르치고, 참선과 염불을 같이 하면 열 사람 모두 깨칩니다. 그러나 참선도 하지 않고 염불도 하지 않는 사람은 지옥 속에서 만겁이 지나도록 고통을 받을 수밖에 없어요. 참선과 염불을 같이 해야 하는데, 요즘 사람들은 수행은 보따리 싸서 어디다 내버리고 이 소중한 현생을 너무 쉽게만 살려 하니 다음 생엔 어디로 갈는지 그게 걱정이군요."

스님의 말씀에 따르면 대부분의 사람들은 자력(참선 수행)만으로 마음을 깨치기가 힘들고 서방정토 극락세계에 몸을 의탁할 수 없으므로 반드시 자력 수행과 타력 수행을 같이 해야 한다는 것이었다. 흔히 하는 말로 근기가 높고 타고난 지혜가 뛰어난 사람이야 수고롭게 서방극락을 갈 필요도 없고 이 자리가 바로 깨달음의 자리가 되지만 대부분의 사람은 그렇지 않은 것이 현실이라는 것이다.

"육조 혜능대사께서도 '나무아미타불 염불을 하는 것은 만세(萬世)의 티끌 번뇌를 뛰어넘는 묘한 길이요, 부처가 되고 조사(祖師)가 되는 정당한 원인이며, 마음을 밝히고 제 성품을 보는 지혜의 등불이다. 그러니 이 한 구절 나무아미타불뿐 다른 생각이 없으면 손가락 한 번 튕길 필요도 없이 서방에 가리라'고 말씀하셨지요. 그러니 참선을 한다고 해서 염불 수행을 결코 소홀히 하면 안 돼요."

불자로서의 기본자세가 갖춰지지 않은 사람이 많은 세상이라 유난히 염불의 공덕을 강조할 수밖에 없다고 하신 스님. 스님의 말씀이 너무나 간곡해서 차마 질문을 더 드리기가 송구스러웠다. 그러나 마지막으로 조심스럽게 한 말씀만 더 여쭤보았다.

"스님, 아직 마음을 깨치지 못한 우리 같은 보통 사람은 내세니 극락정토니 하면 여간 막연한 게 아닌데요, 죽음을 어떻게 인식해야 할까요?"

이 세상에 몸을 받고 나온 중생치고 죽음의 문제가 궁금하지 않을 사람이 어디 있겠는가? 하지만 스님은 '불자라는 사람이 엉뚱한 질문을 다 하는군' 하는 표정이셨다.

"허허, 내생(來生)은 반드시 있어요. 그걸 믿지 못하니까 그런 질문을 하게 되지요. 참선 수행을 열심히 하면서 나무아미타불을 진심으로 염하는 불자라면 죽음이 궁금할 게 뭐 있어요? 자신이 닦은 업에 따라 내생은 정해지는 것이니까 지금까지 말한 대로 수행을 열심히 해야 돼요. 그렇다고 현실 생활 속에서는 악업만 쌓으면서 나무아미타불만 외운다고 극락정토에 간다는 건 아니에요. 진실하고 올바른 마음으로 언제나 나무아미타불을 부르는 사람이라면 악업을 쌓으려야 쌓을 수도 없겠지만……."

그러시면서 스님은 업에 따라 달라진 뭇 중생들의 다음 생에 대한 예화를 들려주셨다. 주로 수행의 공덕을 쌓지 않고 게으름과 탐욕으로 현생을 살다 간 사람들이 어떻게 되었는가에 대한 이야기였다.

그러는 사이 점심 공양 시간이 다 되어 마냥 스님을 붙들고 있을 수만도 없어, 인사를 올리고 물러 나오려는데 스님께서 전법문집인 『심즉시불(心卽是佛)—마음이 부처라네—』라는 책 한 권을 내미셨다. 절 마당을 몇 번 밟은 사람이면 누구나 귀가 뚫릴 정도로 많이 들었을 그 말.

그렇지. 마음이 곧 부처지. 늘, 별 의심 없이 받아들이던 그 말이 새삼스럽게 가슴에 다시 새겨지는 순간 스님께 드린 모든 질문이

공허해지고 말았다. 서방 극락정토를 어디 가서 따로 찾는가. 내 마음이 있는 자리 바로 이곳이 극락정토인 것을. 스님 방에서 나오자 후원의 장독대에 곱다 못해 눈이 부신 햇살이 쏟아지고 있었다.

업의 구름,
번뇌의 구름을 거둬가는 참선 수행

항구 도시 부산에서 경관이 가장 빼어난 곳으로 으레 첫손가락에 꼽히는 해운대. 신라 때 고운(孤雲) 최치원이 가야산에 들어가기 위해 지나다가 주변 경치의 아름다움에 반해 동백섬 한 바위에 '海雲臺'라는 글씨를 썼다는 데서 유래한 지명이다.

구름과 바다가 둘이 아니고 하나로 뭉쳐져서 나그네 고운의 발길을 잡았을, 오랜 세월 전의 해운대 풍경이 지금도 어렵지 않게 떠오르는 곳. 그 경관이 한눈에 들어오는 곳에 자리 잡은 해운정사에서 진제(眞際) 스님을 뵈었다.

스님은 내방객이 자리에 앉자마자 '생활선'을 말머리로 잡으셨다.

"요즘은 껍데기 불자가 너무 많아요. 모두 불교 경전 말씀은 좀 안다고 할 수 있지만 경전에만 의지하면 일등 신도가 될 수 없어요. 부처님의 참뜻을 알아야지요. 부처님의 참뜻을 알려면 천층만층으로 쌓여 있고 첩첩 겹겹으로 가려져 있는 중생들의 업의 구름, 번뇌의 구름을 일순간에 거두어버리는 참선 수행을 해야 되지요. 지식의 알음알이에만 의존해선 부처님의 참뜻을 알 수 없어요. 참선 수행을 제대로 해야 부처님의 참뜻을 아는 일등 불자가 되는 겁니다. 물론 참선은 깊은 산속의 고요한 산사에서만 하는 게 아니지요. 시끄럽고 움직이는 가운데에서도 수행은 할 수 있는 것이지요. 그래서 나는 생활선을 강조하는데, 생활선은 생활 속에서 견성을 할 수 있도록 하는 것이지요. 대부분의 우리 중생들은 적막강산에서 사는 게 아니고 움직이면서 생활하는 마을에서 살고 있기 때문에 생활선이 중요한 것입니다."

스님의 말씀을 듣고 보니 전형적 선사인 스님이 심심산골에 계시지 않고 도심 한가운데에 선원을 열고 계신 이유를 알 것 같다.

마음속에 있는 팔만 사천 지혜의 씨

"모든 불자, 아니 모든 사람이 참선 수행을 해야 돼요. 지금 정치와 경제가 제 모습을 못 갖춘 것도 바로 참선을 하는 이가 적어서 그래요. 참선의 공덕은 이 생각 저 생각 오만 가지 삿된 생각을 지우고 한 생각, 밝은 지혜를 밝히는 것이지요. 모든 사람이 부처님의 지혜를 얻으면 세상이 지금처럼 혼탁하지 않지요."

하지만 흔히 하는 얘기로, 사람은 저마다 근기가 다른데 더더구나 일상사에 시달리면서 저마다 화두를 놓치지 않고 살기가 어디 쉬운 일일까?

"근기요? 그건 사람마다 다르지 않아요. 요즘 사람들 보세요. 저마다 비슷하게 이목구비 번듯이 갖췄고, 또 저마다 비슷하게 고등학교 대학교에 다닐 정도가 되었어요. 그 정도면 누구 할 것 없이 사람마다 마음속에 팔만 사천 지혜의 씨를 다 갖추고 있다고 할 수 있어요. 그러니 근기 탓을 할 것이 아니라 세속 놀음놀이에 빠져 자기 수행의 시간을 갖지 않는 것을 탓해야 돼요. 천불(千佛) 만조사(萬祖師)와 일반 중생이 다 같아요. 누구 하나 차별이 없어요."

그러나 석가모니 부처님이 깨달음을 얻으신 후 그 오랜 세월 설법을 하신 이유는 만나는 사람마다의 근기를 생각해서가 아니었을까 하는 생각을 쉽게 떨치지 못했다.

"부처님이 사십구 년 동안 설법을 하신 건 물론 인연 따라 방편 따라 그렇게 한 것이지요. 말하자면 어린아이의 울음을 달래기 위해서 아이 엄마가 젖을 물리기도 하고 업어주기도 해서 아이를 달래는 것처럼 부처님도 중생들의 울음을 달래기 위한 방편으로 설법을 하신 것이지요. 하지만 나중에 부처님은 '내가 그동안 설한 것은 한마디도 없다'고 하셨습니다. 부처님 뜻은 자신이 깨우친 바를 중생들도 곧바로 깨우치기 바라는 것입니다. 그게 바로 잠시 잠깐도 화두를 놓치지 않고 일념으로 참구하여 막바로 깨우치는 것입니다."

스님은 오로지 참선 수행 말곤 다른 것엔 관심이 없으셨다.

"참선 수행의 장점은 천 사람 만 사람이 지니고 있는 팔만 사천의 번뇌를 일순간에 팔만 사천의 지혜로 바꾸는 데 있어요. 일초직입여래지(一超直入如來地), 즉 한 번 뛰어넘어 여래지에 이르는 것이지요. 그 여래지에 이르는 가장 확실한 방법은 참선 수행입니다. 제대로 화두를 참구해서 타파한 뒤엔 더이상 군더더기가 남지 않아요. 그게 바로 돈오돈수(頓悟頓修)이기도 하지요."

스님의 말씀은 천 사람 만 사람이 다 화두를 타파해서 견성을 할 수 있다는 뜻이다. 그러나 평생 동안 화두만 참구하는 스님네들도 헛살림살이를 많이 한다는데 우리네와 같은 속인들이 어찌 견성을 쉽게 할 수 있을까?

"무작정 참선을 오래 한다고 깨우쳐지는 것이 아니지요. 화두를 얼마만큼 진실하게, 또 절실하게 받아들이느냐에 달려 있어요. 시간에 구애받는 것이 아니에요. 한 생각이 지속되어서, 삼대독자 외아들을 잃은 부모가 그 외아들을 생각하는 심정으로 간절히 화두를 챙기면 어느 순간 홀연히 누구나 틀림없이 깨달음의 경지에 이릅니다. 무엇보다도 시비 장단을 버리고 신심을 내고 용맹심을 내서 죽기 살기로 오매불망 화두를 놓지 않아야 됩니다."

범부(凡夫)가 부처 되는 법

모든 말씀을 오로지 참선 수행을 통한 깨달음으로 모으시는 스님. 그래서 스님은 도심 사찰인 해운정사에 선원을 둘씩이나 두고 있다. 출가 스님들을 대상으로 한 상선원과, 재가 불자들을 위한 하선원이다. 상선원인 금모선원(金毛禪院)에서는 여름 겨울에 각 석 달씩 서른두 명의 수행납자가 정진을 하고, 하선원에선 팔십여 명의 보살님과 처사님들이 정진을 한다.

"바른 스승 없인 바른 깨달음을 얻기가 쉽지 않아요. 그래서 무엇보다도 바른 지도를 해주기 위해 자리를 마련한 거예요. 부산에서 서울까지 가는 길을 제대로 가르쳐주는 이가 있으면 헤매지 않고 곧장 서울을 찾아갈 수 있지만, 안내를 해주는 이가 없으면 초행자는 여간해선 서울을 제대로 찾아가기가 힘들어요. 그러기에 출가 수좌들이든 재가 불자든 언제고 만나서 공부의 진행 과정을 점검하고 도와줍니다."

스스로 말씀하시길, 스님 자신은 숙세의 인연이 좋아서였는지 좋은 스승들을 만나 비교적 순조롭게 공부를 하셨다고 한다. 스님이 말씀하시는 스승은 석우(石友) 스님과 향곡(香谷) 스님. 석우 스님은 조계종 초대 종정으로 추대되실 만큼 그 당시의 승속 모두 추앙하던 큰스님이셨고, 향곡 스님은 경허(鏡虛) 스님으로부터 혜월(慧月), 운봉(雲峰) 스님으로 내려온 법맥을 이으신 선사이시다.

젊은 시절, 고향 마을에서 오촌 당숙을 따라 해관암(海觀庵)이라는 조그마한 절에 갔다가 석우 스님을 친견한 것이 출가의 인연이 되셨단다.

"석우 스님이 나를 보시더니 다짜고짜 '금생에 세상에 태어나지 않은 셈 치고 수행을 한번 해보지 않겠나?' 하시더군요. 범부(凡夫)가 부처가 되는 법이 있는데 한번 알아보라는 거예요. 그래서 그 길로 집안 어른들과 상의해서 출가를 했지요."

석우 스님은 속가에서 유학을 오랫동안 공부하시고 늦은 나이에 출가를 하신 분이다. 하지만 인품으로나 법력으로나 두루 위엄을 갖추어서 당시의 사판승들조차 절집의 '재상'감은 석우 스님이라 할 정도로 흠모를 받으셨다. 스님은 석우 스님을 시봉하면서 경전을 공부한 뒤, 나중에 향곡 선사 아래에서 십여 년간의 참선 수행 과정을 밟으셨다.

"특히 향곡 선사께 진리 문답의 방망이를 많이 맞은 덕분에 공부 도중에 일어날 수 있는 시행착오를 많이 줄일 수 있었어요. 그 은혜는 영원히 잊지 못하지요. 대단한 은혜를 입었어요."

하마터면 참선 도중에 잠깐씩 반짝 떠오른 미미한 소견들을 가지고서 '깨우쳤다'는 아만에 빠져 영원히 자신의 잘못을 보지 못할 뻔했는데 향곡 스님을 만나 거짓에 사로잡혀 허송세월했던 자신을 반성하고 새롭게 공부를 시작할 수 있었다는 것이다. 스님은 향곡 스님을 만나기 전, 기고만장했던 자신의 상황을 '도둑을 잘못 알아 자식으로 삼고, 돌덩어리를 금으로 삼을 뻔했다'고 들려주시며 수행자는 반드시 눈 밝은 선지식(善知識)을 만나 제대로 지도를 받지 않으면 안 된다는 점을 누차 강조하셨다.

그러기에 스님은 누가 찾아오든 문턱을 낮추고 접견을 해주신다. 도가 높을수록 산으로 숨어들기보단 저잣거리로 내려와야 한다는 지론을 스스로 실천하시는 것이다. 새삼스레 스님의 잔잔한 미소가 더 자애롭게 느껴졌다. 이미 바다[海]와 구름[雲]의 부드러움만을 닮아버린 듯한 스님의 미소.

인사를 올리고 나오기 전 한 말씀만 더 여쭈었다.

"스님, 깨닫고 나도 습(習)은 남는 겁니까?"

"아니지요. 제대로 깨달으면 절대로 습도 남지 않지요. 마치 용광로에 온갖 쇠 부스러기를 모두 집어넣어 펄펄 끓여서 쇳물이 되게 해버린다면 말이에요!"

그 순간 한 몽둥이가 해운대 앞바다를 쫘악 가르는 듯했다.

화두 놓치면
생명을 놓친 걸로 알고 정진하는 게지

"스님, 건강은 좋으시죠?"

"아직 안 죽으니까 살아 있지."

"전화도 잘 받으시던데요?"

"빼르르 울리니까 받았지."

"부산엔 무슨 일로 가십니까?"

"나도 모르겠어. 가자고 하니까 가는 거지."

"요즘 하루 일과는 어떻게 보내십니까?"

"일과? 자고 나면 밥 먹고, 뭐 그렇지. 일과가 따로 있는가."

서암(西庵) 스님은 방문객의 인사에 아주 편하게 대답하셨다. 그러나 망설임 없는 그 말씀들은 사실 살아생전 평생 참선 수행을 하신 노선사의 결코 범상하지 않은 말씀들이었다. 적어도 방문객은 그렇게 받아들였다. 아직 안 죽으니까 살아 있고, 빼르르 울리니까 받고, 가자고 하니까 가고, 자고 나면 밥 먹고…….

평상심의 도

쉽고 주저 없는 그 말씀들 속에 들어 있는 평상심의 도. 선이란 것도 결국은 인간과 삶 본래의 모습 속에 들어 있는 것 아닌가. 다만 우매한 우리 중생들이 그 본래의 자리를 찾지 못해 평상의 모습들을 잃어버리고 살기에 선적(禪的) 생활에서 점점 멀어지는 거지…….

우리 방문객 일행은 오후에 서울을 떠난 까닭에 스님이 계신 원적사(圓寂寺)를 찾기 위해 상주와 문경의 어두컴컴한 산길들을 무던히도 헤매야 했다. 도착 시간이 너무 늦을 것 같아 중도에 전화를 넣었더니 주지 스님의 말씀 왈, 노스님이 부산에 가실 일이 있는데 방문객을 기다리다 저녁 공양 시간 지나도록 오지 않아 지금 떠날 채비를 하는 중이라 했다. 우리 일행은 이러다 부산까지 따라가야 하는 것 아닌가 하는 걱정을 안고 캄캄한 산길을 더듬었다.

음력 초이레의 있으나 마나 한 달빛에 우리는 초행길의 안내를 맡겼다. 사방 천지 캄캄한데 하늘에선 잔별들이 무더기로 빛나고 있었다. 아, 저 별들이 한꺼번에 쏟아지기라도 한다면……. 우리가 스님을 못 뵙는다 하더라도 원적사 가는 밤길 풍경만으로도 이미 스님을 뵌 것만큼의 감동을 느끼고 있었다. 그래서 이 정도의 느낌이면 스님에 대한 이야기야 바로 전의 생 때, 혹은 그 전의 생 때 만난 기억만으로도 쓸 수 있으리라는 생각이 들었다. 그러나 다행히도 스님은 우리를 기다리고 계셨다. 이생에 한 번쯤 만남의 연을 짓는 게 괜찮다고 생각하셨는지.

서둘러 스님을 뵈었다.

"스님, 절이 참 좋습니다."

"밤에 뭘 보았다고 그래. 낮에 보면 정말 좋아."

캄캄한 밤은 몽매한 우리 중생의 마음이고, 환한 낮은 지혜가 열린 깨달은 자의 마음인가? 사진기의 조명이 번쩍번쩍 터졌다. 스님이 짐짓 우스갯소리를 하셨다.

"불이 번쩍번쩍하는 것 보니 고장 난 것 아냐? 본심이 못났는데 사진만 잘 찍어서 뭐 하노? 다 쓸데없는 거야."

그 본심. 본심을 찍을 수 있는 사진기는 이미 우리 마음속에 다 갖춰져 있다. 단지 사진기를 마음대로 조작할 수 없는 저마다의 능력이 문제지.

"스님, 사람 사는 뜻이 뭘까요? 요즘은 서로 상처 주고 뜯어 발기는 세상이 된 것 같은데요."

"본래 면목을 놓치지 않고 자기 정체를 주시하고 사는 거지. 사농공상 가운데 어떤 직책을 갖고 살더라도 근본을 망각하지 않고 오매일여하게 자기를 확인하며 살 때 자기 정신으로 살아갈 수 있는 게야. 어떤 경계에도 사로잡히지 않고 살아야 돼. 그런데 요즘은 자기 목적을 이루기 위해 지나치게 수단 방법을 가리지 않으니 문제지. 그래서 인간성은 상실되고 나아가 사회까지 혼란이 일어나는 거야."

"그렇다면 이런 세상에 희망이 있을까요?"

"허허, 희망이 너무 있어서 탈이지. 뱃사공이 너무 많아 배가 산으로 올라갈 정도로 희망이 너무 많은 게 탈이야."

희망이 너무 있어 탈이라니? 뒤집어 보면 그럴 수도 있겠다는 생각이 들었다. 그만큼 어려움투성이라는 뜻일 터였다. 바닥에 가까우면 더이상 밑으로 떨어질 곳이 없어 올라갈 일만 남겠지. 그 올라가기 위한 발버둥이 희망일 듯.

"부처님이 필요한 말씀은 다 해놓으셨으니까 부처님 말씀 지키고 살면 되는 거야. 계(戒), 정(定), 혜(慧) 삼학을 잘 닦으면 안정이 오고 안정함으로써 지혜가 와. 진리는 고금이 없고, 천고에 변함이 없거든. 희망을 따로 따지지 마."

스님의 말씀대로 희망을 따로 따지지 않기로 했다. 그 대신 스님의 살림살이에 대해 조심스레 여쭤보았다.

"스님은 화두를 한시도 놓치지 않고 사십니까?"

"화두를 한시도 놓치지 않고 사는 건 어려운 일이야. 화두를 놓쳤다는 건 생명을 놓친 거나 마찬가지야. 그러니 화두를 놓치면 생명을 놓친 걸로 알고 정진하는 게지. 말하자면 화두를 한시도 안 놓치고 살려고 노력하는 것 자체가 정진이지."

불교가 병들면 사회도 병들어

"스님은 조계종단의 종정까지 지내셨는데요. 지금 우리 불교계의 가장 큰 문제점은 무엇입니까?"

"모든 불교 환경이 비불교로 되어버린 것이 문제야. 수도 도량은 관광지화되고, 승려들은 공부가 어려우니까 계율을 고치느니 어쩌느니 하면서 자꾸 꾀만 내고 있어. 또 어중이떠중이 자기만 옳다고 하지. 보시나 양보의 미덕이 없어. 말하자면 부처님 정신이 병들어 있어. 지난 1600년간 이 땅의 불교 역사 중에 지금이 어쩌면 가장 불교가 병든 때라고 봐도 돼. 양반이 조상 팔아먹고 사는 격으로 우리 불교도 과거의 유명한 스님 음덕으로 겨우 명맥을 유지하는 셈이지. 사람들이 불교에 대해선 상식으로 많이 알아도 승려를 존경하지 않아. 어찌 보면 불교가 없는 때나 마찬가지야."

불교가 없는 때나 마찬가지라는 말씀이 가슴을 때렸다. 스님이 떠나시고도 세상은 점점 복잡해지고 어려워지는데 우리 불교계는 과연 제 역할을 잘하고 있는지 모르겠다. 유명 사찰은 거의 예외 없이 관광지화되어버려서 수도 도량의 면모를 잃고 있고, 불자들은 탁마정진보다는 비불교적인 것에 더 많은 관심을 갖는 세상.

"불교계만이 문제가 아니야. 세상이 모두 절제의 미덕 없이 향락 정도가 아니라 금수 세계로 전락하고 있고, 물신을 받드는 풍조에다 윤리 부재의 막가는 세상이 되어버렸지."

"그렇다면 어떻게 해야 되겠습니까?"

"참다운 불교 운동이 일어나야 해. 어둔 밤중에 불빛이 일듯이 신흥 불교 운동이 일어나야 해. 혼자 돌아앉아서 개탄만 하지 말고 한데 모여 앉아야 해. 그러려면 진실된 지성인들의 역할이 중요해. 불교는 이론이 아니고 순수한 정신이거든. 불교가 병들면 사회도 병들어. 그런데 지금 같으면 절이 천만 개 있어도 불교는 없다고 봐. 물론 나도 이런 말을 할 자격은 없어. 그런 점에서 잘못 찾아온 거야. 절은 그 자리에 자리 잡고 있는 것만으로도 뭇사람들의 마음을 편안하게 해주고, 이교도인 외국인조차 옷깃을 여미게 하는 기운이 있어야 해. 또 승려는 앵무새처럼 떠들며 입으로 포교하는 게 아니라 온몸으로 수행하는 자세를 보여주면 그게 바로 최상의 포교야."

스님은 늦은 시각까지 자세 한 점 흐트러짐 없이 우리 사회와 불교의 현재와 앞날에 대해 조목조목 짚어주셨다. 말씀이 정연하시고 우스갯소리 또한 다정하셨다. 단지 청력만 약해져서 작은 소리는 잘 못 들으셨다.

"내 얘기 다 부질없는 소리야. 이 밤중에 이런 얘기 듣자고 나 같은 늙은이 찾아온 사람은 넋 빠진 사람들이고."

그러나 스님의 말씀이 어찌 부질없는 소리겠는가?

"스님, 따끔한 경책의 말씀 잘 들었습니다. 이런 말씀이라면 넋 빼고 들을 만합니다."

"들을 만해? 하하, 너 마음에 든다. 가지 말고 내 옆에 있어라. 나랑 살자."

그러나 속인의 삶이 어디 그런가. 끝내 스님 곁에 있지 못할 것을 너무나 잘 아는 나였음을.

저녁 공양 시간이 한참 지났는데도 우리 때문에 다시 공양 준비를 하신 공양주 보살님이 공양이 준비되었음을 알려왔다. 그 날 우리는 누구 할 것 없이 자기 앞의 밥그릇을 달게 비웠다.

저녁을 먹고 원적사 절방에 누우니 천지사방에 가득한 원적(圓寂)의 고요함이 별 지는 소리 되어 밀려왔다.

바라는 것이 없으니 보람도 없어요

기찻길 옆 산자락과 들녘 사이에 희뿌연 안개비가 내렸다. 안개비 내리는 차창 밖을 배경으로 사람들은 신문을 뒤적이기도 하고 깡통 커피를 마시기도 하고 끄덕끄덕 졸기도 했다. 그런 사람들 사이에서 한 아이가 엄마 품을 빠져나와 제멋대로 왔다 갔다 했다. 두 살쯤? 세 살쯤?

바깥세상은 안개 속이고 안쪽 세상은 일상 속이다. 그러나 아이에겐 그런 구분이 없다. 달리는 차 안의 풍경이나 뒤로 밀려나는 차 밖의 풍경이나 그저 손에 잡히지 않는 풍경일 뿐이다. 세상은 아직 아이에겐 모두 풍경일 뿐이다. 아이가 세상을 풍경으로 느끼지 않을 때쯤은 언제일까? 열여덟 살 때쯤? 스무 살 때쯤?

나는 아침 열차를 타고 아이들이 있는 곳을 찾아갔다. 그러나 그곳은 이미 세상을 풍경으로 느끼지 못하는 아이들이 있는 곳이었다. 그 아이들은 자신의 나이에 어울리지 않게 세상살이의 고달픔을 어떤 식으로든 벌써 겪은 아이들이었다.

향림사, 그곳에 아이들이 있다

무등산이 껴안고 있는 빛고을 향림사. 1980년대 내내 광주라는 법정 지명보다는 빛고을이라는 상징화된 호칭이 더 어울리던 곳. 그곳에 아이들이 있었다. 그리고 그 아이들의 곁엔 천운(天雲) 스님이 계셨다. 아, 그리고 모든 것을 무등(無等)의 품보다 더 너른 품에 차별 없이 껴안으시는 부처님이 계셨다.

이미 세상을 풍경으로 느끼지 못하는 아이들의 고단함을 천운 스님은 누구보다 잘 알고 계셨다.

"요즘 끼니를 이을 수 없어서 아이들을 갖다 버리는 경우는 없어요. 또 고아인 경우보다는 거의가 부모들의 가정불화로 오갈 곳이 없어져 버린 경우가 많죠."

사랑 없인 못 살겠다고 하여 결혼까지 한 부부들. 그러나 사랑이 식어 가정을 깨고 갈라설 땐 둘 사이에 난 아이들은 안중에도 없다. 이혼을 해도 아이는 서로 자기가 키우겠다고 한 부부들이 예전엔 많았는데 이제는 그렇지 않은 부부들이 많다고 하셨다.

"예전엔 부모가 아이를 직접 못 키울 일이 생기면 친가나 외가 할머니가, 아니면 삼촌이, 또는 이모나 고모가 데려다 키우는 게 거의 정해진 길이었는데, 요즘엔 일가친척들이 양육권자로 나서는 경우도 없지요."

왜 그럴까? 옛날엔 자기 자식만 해도 보통 대여섯 명, 그래도 조카가 버려지거나 홀로 남으면 내 자식들 속에 끼워서 키워냈다. 그러나 요즘 세상에는 자식이라고 해봐야 겨우 한두 명인데도 조카 하나 더 데려다 키울 여력이 없다. 문제는 물적 토대가 없어서가 아니라는 점이다.

"세상이 내 것밖에 모르는 세상이 되어버려서 그렇지요. 급속히 핵가족화되면서 세상 모든 것이 서로 어울려 이루어졌다는 연기의 법칙을 까먹어버려서 그래요."

적게 잡아 결혼한 부부 세 쌍 가운데 한 쌍이 다시 남남이 되는 세상. 자기 가족밖에 모르는 사람들이 많은 만큼 깨지는 가정도 많은 세상. 웃을 수 없는 역설의 세상이다!

그러나 누구를 탓하랴. 한두 사람의 문제도, 하루 이틀에 끝날 문제도 아닌 것을. 천운 스님은 그런 세상을 탓하기보단 애써 끌어안는 분이셨다. 천운 스님은 버려진 아이들을 자신이, 아니 우리 절집에서 보듬어야 한다는 걸 이미 오래전에 인연으로 느끼고 업으로 받아들이셨다.

허허, 내가 아주 개구쟁이였지요

"내장사에 있을 때 6·25가 일어나 군대에 갔지요. 그때 보직이 전령이어서 이 부대 저 부대 오가는 길에 우연히 보육원을 들러볼 기회가 있었는데, 느낀 바가 컸어요. 그때부터 언젠가는 버려진 아이들을 돌봐야겠다는 생각을 한 거죠."

열여섯 살 때, 집에서 한학을 배우다 말고 집을 나와 발길이 닿은 내장사, 그곳의 조실로 계시던 박한영 스님의 수발을 들게 된 게 불가와의 첫 인연이다.

"그땐 참 철이 없었어요. 한영 큰스님은 꼭 밤 열두 시가 되면 정랑에 가시는 거예요. 그러면 난 한참 곤히 자다 말고 등불을 들고 길 안내를 해야 했지요. 그래서 하루는 큰스님더러 제가 꼭 강아지 같습니다 그러면서, 스님은 남들이 모두 도인이라고 하는데 도인이시면 저녁 좀 들지 않으셔야 한밤중에 이렇게 번거롭지 않으실 거 아니냐며 따지듯 대들었지요. 그러자 큰스님은 맞아, 그렇지! 내가 그걸 몰랐구나 하시면서 정말로 그 뒷날부터 저녁 공양을 않으셨어요. 주지 스님이 그 사실을 아시고 날 무척 혼내셨지요. 하지만 그러고 나서도 큰스님이 귀여워하시는 걸 핑계로 주지 스님과 원주 스님을 꽤나 괴롭혔어요. 허허, 내가 아주 개구쟁이였지요. 개구쟁이였어요!"

옛 스님들과 얽힌 소년기의 일을 떠올리시자 스님의 얼굴에 옛날의 그 소년티 나는 얼굴 하나가 겹쳤다. 무척 동안이셨던 스님.

자신이 그때 그랬던 것처럼 스님은 아이들이 개구쟁이 짓을 해도 귀여워하셨다. 그래서 단체 생활을 하는 아이들에게 예불 참예 말고는 그다지 통제를 하지 않으셨다.

"집에서처럼 해주려고 애써요. 하지만 이 세상에서 엄마가 있는 집보다 더 좋은 곳이 어디 있겠어요. 아무리 잘해줘도 나중에라도 엄마가 어디 있는 줄 알면 그리워하곤 그래요."

물론 대부분의 엄마는 이미 재혼을 한 상태가 많다. 그래서 아이들은 그 틈에서 방황하곤 했다.

"중학교 2~3학년 때 뛰쳐나가는 아이들이 많아요. 엄마 소식을 알게 되면 잠을 못 이루고 뒤척이다 무작정 나가는 경우가 많죠."

아이들을 기르면서 가장 어려운 일은 밤에 잠 못 자고 엄마 찾는 아이들을 달래고 정서적으로 안정되게 하는 일.

"역시 아이는 제 엄마가 키워야 돼요. 세월이 흐르면 흐를수록 그걸 더 느끼지요."

그러나 아이들을 버리는 부모는 줄지 않고 오히려 더 늘어난다. 그래서 스님의 일도 줄지 않았다. 많을 땐 칠십여 명의 아이들을 품에 안으셨던 스님. 그 아이들이 중고등학교를 마치고 자신의 근기와 인연에 따라 대학도 가고 취업도 했다. 그중에는 부처님의 제자로 출가한 이도 다수다.

"지금 뒷바라지하는 아이들은 초중고 합쳐서 삼사십 명. 그리고 승가대와 동국대에 다니는 대학생이 각각 다섯 명씩이지요."

그뿐만이 아니다. 신도의 자제들로 일반 대학에 다니는 대학생

여덟 명과 고교생 몇 명도 뒷바라지하셨다. 스님이 이렇게 많은 인간 불사를 하실 수 있는 원력은 어디서 나왔을까?

"일에 부닥치면 지혜가 계발되지요. 무사안일하게 가만있으면 지혜는 나오지 않아요. 어려움 가운데엔 반드시 지혜도 같이 들어 있지요."

십악(十惡)을 여의며 사는 길

1960년대, 해남 대둔사에 계실 때의 일이다. 꿈에 샘에서 물을 떠 마시다가 잠을 깼다. 그런데 그날 광주의 새로 지은 어느 절에서 법문 요청이 있었다. 꼭 천운 스님이 해주셔야 한다는 것이었다. 그래서 그 절에 가 며칠간 법문을 해주고 그때 돈으로 오천 원을 받았다. 그 돈을 가지고 산자락에 터를 잡았다. 그 터가 꿈에 샘물을 마시던 바로 그곳, 지금의 향림사다.

스님은 향림사에 어린이집, 유치원, 신용 협동조합, 불교 대학 등을 설립해 운영하셨다. 모든 게 부처님 일이다.

"출가자는 부처님 일을 하는 사람입니다. 첫째는 수행을 열심히 해서 자신의 업을 닦고 둘째는 인간 불사를 해서 우리가 발 딛고 사는 이 땅을 정토의 땅으로 가꿔나가는 일을 해야 합니다. 수행과 인간 불사는 둘이 아니고 하나예요. 수행 없는 불사는 자칫 내실 없이 요란만 떨 염려가 있어요. 잠을 자든 일을 하든 어느 자리 어느 순간에서든 출가자는 정근해야 합니다. 조금만 흐트러져도 안 됩니다. 지독한 정성으로 해야 합니다."

단호한 표현이었다. 그리고 출가자가 하는 일은 어느 것 하나 수행 아닌 것이 없다고 하셨다. 이러한 스님의 뜻에 만분의 일이나마 보답하기 위해 여러 기관에서 스님에게 표창을 했다. 종단에서 수여한 포교대상도 그 가운데 하나였다. 힘이 많이 드신 만큼 스님께서도 많은 보람을 느끼시리라 생각했다. 하지만 스님의 반응은 뜻밖이었다.

"내가 바라는 게 뭐 있어야지요. 바라는 것이 없으니 보람도 없어요. 무슨 일을 하면서 이 일을 어떻게 하고 그 결과는 어떨 것이리라는 생각보단 그저 자연스럽게, 물이 흐르는 것처럼, 살아가는 과정이라 생각했죠."

자신이 살아가는 과정 속에 다른 생명들과 같이 어울려 물이 흐르듯 자연스럽게 살아가고 있을 뿐이시란다. 그래서 따로 바라는 것이 없는데 보람은 무슨 보람이냐는 거였다.

"습에 젖어 알면서도 하지 않으면 안 되죠. 본성대로 살아야 하죠. 본성대로 산다는 건 신(身), 구(口), 의(意) 삼업에 따라 짓게 되는 십악(十惡)을 여의며 사는 것이지요. 십악을 여의면서 우리의 본바탕을 찾아 사는 것이 가장 자연스러운 일이고, 그게 불자의 길이지요."

아이들을 키운다기보단 약간의 뒷바라지를 하며 같이 어울려 산다고 생각하다 보니 자신도 어느새 아이들을 닮아 동심의 모습이 얼굴에까지 나타나시던 스님. 동심이 곧 불심이라는 말이 떠올랐다. 이제 좀 쉴 때가 되지 않으셨냐고 조심스럽게 여쭈었다. 그러나 스님은 늘 쉴 생각이 없으셨다.

“요즘은 물질적으론 옛날에 비해 풍요로워졌지만 전통 사회가 붕괴하며 뜻밖의 문제들이 새로 발생했어요. 특히 노인 문제가 심각한데, 육십 넘은 노인과 치매 노인에겐 무료 치료소를 제공해줘야 돼요. 사실, 개별 가정의 힘만으로 노인 문제를 해결하기는 힘들어요. 앞으로 남은 생애는 노인 복지회관 같은 걸 설립해서 그야말로 명실상부한 복지 포교당을 만들어야겠어요. 그러니 쉴 새가 없지요.”

평균 수명이 늘어나면서 갈수록 큰 문제로 대두되고 있는 노인 문제까지 스님은 염두에 두고 계셨다. 국가에서도 본격적으로 시행을 못 하고 있었지만 스님의 원력이면 조만간에 노인 복지의 전범이 마련될 수 있을 것 같았다.

“세상이 바뀌는 대로 중생의 고통도 다르니 거기에 맞는 방법을 찾아야지요.”

그렇게 말씀하시면서 두 손을 모으시는 스님의 모습은 말 그대로 이웃집 할아버지의 다정한 모습이었다. 자식 걱정, 손주 걱정, 동네 걱정, 나라 걱정 많으신 우리들의 할아버지.

〈오세암〉, 잃어버린 어른들의 초상

오래전의 영화 〈오세암〉은 동명의 동화(정채봉 작)를 원작으로 만들어졌다. 그러나 실제 영화는 원작 동화와 차이가 많이 난다. 특히 영화의 전반부는 원작에 없는 부분인데 영화의 극적 구성상 들어간 것으로 보인다.

그러나 동화 『오세암』이든 영화 〈오세암〉이든 결국은 주인공 남매를 통해서 존재의 궁극적인 모습을 보여준다.

과연, 산다는 것은 무엇인가?

산다는 것은 만남인가? 떠남인가? 우리 중생들에게 있어서 이것은 동전의 앞뒤와 마찬가지로 하나이면서도 둘인, 아니면 둘이면서도 하나인 그 무엇이다. 어리디어린 나이의 남매, 그들에게 있어 '돌아감'과 '열린 마음'은 또 무엇인가? 잃어버린 고향으로 상징되는

'돌아감'을 통해 그들은 우리에게 절대 사랑의 회복을 보여주었고, 편견 없이 '열린 마음'은 순수한 동심이 곧 불심임을 보여주었다.

기성 사회와의 만남은 곧 모순과 혼돈과의 만남이다. 그러나 이러한 것에 물들지 않고 계속 순수한 동심으로 떠돌 때 그것은 언제나 새로운 세계, 아니 본래 자리로의 돌아감이다. 이렇게 본래의 자리로 돌아가는 것. 거기에 진정한 부처의 모습이 자리한다.

성당에 딸린 보육원에 사는 다섯 살짜리 길손과 그의 열 살짜리 누나, 시각 장애 소녀 감이가 이 영화를 끌고 가는 주인공이다. 이들 남매는 잃어버린 고향과 엄마에 대한 그리움을 가슴속에 깊이 깊이 키우며, 기회 있을 때마다 고향의 물레방아와 시냇물과 송아지와 엄마를 떠올린다. 감이가 길손이 나이였을 때는 눈이 멀지 않아서 고향에 대한 기억들을 많이 가지고 있다. 감이는 열 살치곤 조숙하고 속이 들 대로 들어 어린 개구쟁이 동생을 잘 다독거린다. 길손이의 꿈은 의사가 되어 누나의 눈을 뜨게 해주는 것이고.

그러던 어느 날, 감이는 물레방아 도는 고향이 아닌 풍차의 나라인 네덜란드의 여의사에게로 길손이가 입양 가게 되었음을 알게 된다. 그리던 엄마를 찾은 게 아니라 새로 만드는 것이 되고, 고향도 다시 찾은 게 아니라 새 고향을 만들어야 한다는 것 등, 처음부터 영화는 안타까움을 안고 출발한다.

그러나 감이와 길손이는 진짜 고향을 찾기로 하고 보육원에서 뛰쳐나온다. 막상 보육원을 뛰쳐나왔지만 세상은 어린 남매에게 너무나 황량한 곳이다. 최루탄 가스와 화염병, 우체부의 방독 마스크,

로봇 같은 전경들 그리고 탁발 스님. 이 모든 것이 어지럽게 뭉쳐 현실의 단면을 적나라하게 보여준다. 심지어 같은 또래 어린이들이 병아리를 던져 죽이는 등 생명 경시 풍조가 어린애들에게까지 스며 있음을 화면은 잔인하리만치 적나라하게 보여주고 있다. 마침내 밤이 되어 네온이 휘황찬란하게 별빛처럼 반짝이지만 그 밤은 어린 남매에겐 더욱 무섭기만 하다.

거리의 폭력, 배고픔, 밥을 먹는 데는 돈이 있어야 한다는 엄연한 현실. 화면은 그들의 험난한 앞날을 예고해 준다. 배고픈 남매는 육교에 앉아 노래 부르고 구걸하지만 그것도 여의치 않고 결국은 거리의 패거리들에게 끌려가 길손이는 머리를 깎이고, 남매는 당장 껌팔이로 나서야 하는 운명을 맞게 된다. 나아가 지하철 계단에 앉아 노래 부르는 걸인으로 계속 그 수렁에서 허우적거리는데 마음씨 착한 동료 소년의 도움을 받아 가까스로 고향 가는 열차에 오르게 된다. 어찌어찌하여 열차에 오르고 난 뒤엔 빡빡 깎은 길손의 머리통에 쓴 모자만이 오래오래 승강대에 남아 있고…….

밤의 열차에서 길손은 잠들지 못하고 건너편 자리에 앉아 있는 같은 또래의 아이와 '뻐기기' 겨룸을 하다가 마침내 그들 남매가 찾는 내동역에서 내린다. 그러나 그곳은 이미 고향이 아니다. 경운기, 오토바이, 비닐하우스, 불량배, 그 불량배에게 당하는 매니큐어 칠한 여자 등등으로 상징되는 풍경들!

고향 마을 가는 길목에서 만난 것은 차라리 보지 않았어야 좋을 것들뿐이었다. 그래서 눈 감으면 아무것도 무섭지 않다고 감이는 동생을 어르고, 눈 감으면 오히려 엄마도 수녀님도 보인다고 달랜다.

마침내 비포장길로 들어서니 엄청난 소리와 검은 연기로 상징되는 불도저가 지나가고 전기 발전 시설 탑에 다가선다. 그 어수선한 고향의 초입에서 감이는 한 사내에게 성폭행을 당하지만 엄마를 그런 몸으로 만날 수는 없을 것 같아 길손에게 물가에 가서 씻게 해달라고 한다. 세상의 마지막 추악함까지 몸으로 받아내면서도 영혼은 때 묻지 않았음을 보여주는 모습이다.

마침내 고향 마을이 있던 곳에 이르렀지만 거기엔 거대한 철근 콘크리트 댐과 바다같이 넓은 인공 호수만이 그들을 기다리고 있다. 그들 가슴속에 키워온 고향 마을은 이미 물속에 잠겨서 사라지고 없다.

감당할 수 없는 현실 앞에서 몸부림치다 감이는 물속에 빠지고 만다. 마침 지나던 스님이 감이를 구해주고 그들 남매는 스님을 따라 절에 가기로 한다. 절로 가는 과정에서 남매는 옆에 없는 엄마와 수녀님을 그리워하지만 이내 곧 곁에 있는 스님의 존재를 자연스레 인식하게 된다.

감이는 절에서 부엌일을 도우며 제법 밥값을 하지만 길손이는 여전히 티 없이 맑은 동심으로 개구쟁이 같은 짓을 해서 절 식구들을 곤혹스럽게 한다.

그러다 길손은 스님을 따라 암자로 올라간다. 암자로 올라가는 과정에서 선입견이나 편견 없는 순수한 동심의 세계가 계속 표출되고, 길손은 곧 암자에서의 새로운 생활에 적응한다. 언제나 곁에 감이 누나가 있는 것처럼 말하고 행동하며 화면은 감이와의 대비를 통해서 이야기를 끌고 나간다.

암자에 양식이 떨어져 스님은 탁발에 나서게 되고 길손이만 절에 남는다. 스님은 길손에게 무서울 때 관세음보살님의 명호를 부르게 하고……. 이때 화면에서 가는 스님과 오는 수녀가 겹친다. 진리는 가고 오는 것처럼 모두가 매한가지라는 것을 나타내기나 하듯이. 수녀는 끈질기게 이들 남매를 찾아 헤맸지만 한발 처진 채 이들을 따르게 되어 계속 허탕을 치고 하마터면 봉변까지 당할 뻔한다. 마침내 수녀는 감이가 있는 절에 도착해 감이를 만난다.

스님은 길손에게 줄 고기 꾸러미까지 옆구리에 꿰차고 눈길을 오르지만 그새 눈이 엄청나게 내려서 암자로 올라가지 못한다. 어른 허리가 넘게 쌓인 눈밭 속에서 스님은 고투하다 결국은 추락하여 혼절한 채 아랫절에서 치료를 받게 된다.

길손은 스님을 기다린다.

스님! 엄마! 관세음보살님! 그러나 그러나 목탁 소리만…….

눈이 멎어, 스무 날 만에 스님은 수녀와 함께 암자에 오른다.

나무가 우는 소리, 바람 소리, 딱따구리 소리, 목탁 소리, 다시 목탁 소리, 소리— 소리— 소리—.

암자 마당엔 한 길이 넘게 눈이 쌓여 있고 법당 문을 열자 길손의 손에 쥐어졌던, 스님이 주고 간 단주가 툭 떨어진다. 그렇게 길손은 문이 열림과 동시에 모든 걸 버리고 바람이 되어 자연으로 돌아간다. 길손의 떠남은 그토록 바라던 감이 누나의 '눈뜸'을 가져온다. 하지만 육신의 눈뜸과 마음의 눈뜸이 어찌 서로 같겠는가!

장례식 날 수녀까지 합장하고 길손의 육신을 태우는 장작불 더미. 누구 저 연기 좀 붙들어줘요! 저 연기 좀 붙들어줘요! 감이의 절규가 이어진다. 하늘도 나무도 수녀님도 스님도 보이고, 부처가 된 길손이의 육신이 연기로 피어오르는 것도 보이는데, 아— 이제는 모든 것이 다 보이는데, 다 보이는데…….

이 영화는 감이와 길손이가 스님을 만나는 때를 기준으로 전반부와 후반부로 나뉜다. 후반부에서는 그야말로 완전한 불교 영화다. 더구나 불교를 소재로 한 영화가 흔히 그러하듯 자연과 인간과의 어울림을 통한 영상미까지 돋보인다. 특히 길손이 역에 대한 배역은 감독이나 기타 제작자들의 세심한 배려가 있었음을 느끼게 한다. 때 묻지 않은 이미지, 능청스러울 만치 천진한 연기, 그러한 것이 어울려 이 영화를 더욱 살아나게 한다.

세태의 한 단면을 적나라하게 보여주려는 의도에서였겠지만 좀 지나친 장면이 보이기도 한다. 하지만 이 영화는 오늘의 시대에서 충분히 제값을 다하고 있다. 길손이가 내뱉는 우연한 듯한 대사에 선문답의 오묘한 철리가 담기게 하여 면벽참선의 '죽어 있음'을 통쾌하게 흔들어놓는 것들은 새삼 음미해 볼 필요가 있다. 게다가 깔끔한 영상을 통해 '떠남'과 '돌아감'에 대해서 진지하게 생각해 보고 '열린 마음'으로 사람과 짐승과 하늘과 물과 바람을 대할 수 있는 계기가 될 듯하다.

부처의 길은 먼 데 있지 않고 어린아이 같은 텅 빈 마음과 무조건적인 사랑, 그리고 절대적인 믿음 아래서 가능함을 이 영화에서 다시 확인하게 된다.

그러나 부처의 길에 확인이 있겠는가! 문제는 우리들 모두 스스로 부처가 되어야 하는 것 아닌가!

꽃잎 떨어지는 소리 눈물 떨어지는 소리

추녀 끝에서 여름비 떨어지는 소리가 요란한 밤, 절 마당 한구석에선 비에 젖은 달맞이꽃 꽃잎이 땅 위에 떨어지고, 법당 마룻바닥엔 애기 보살의 눈물이 떨어지고 있었다.

젊은 시절, 유신 말기에 대학을 다니던 나는 걸핏하면 휴교에 휴강으로 학교가 문을 닫는 바람에 그때마다 서남해안 가까운 지역에 있는 조그마한 암자를 찾아들었다. 시절도 하 수상하고 나의 현실적인 장래도 불투명한데 내 몸은 독한 결핵약을 끼니때마다 한 움큼씩 복용해야 하는 처지였다. 키는 178센티미터인데 몸무게는 겨우 40~50킬로그램 사이를 오가고 있었으니 그때의 내 몰골은 그야말로 '귀신 형용'이었다. 그래서 나는 학교가 쉬는 날이나 방학 때면 어김없이 요양 겸, 장래에 대한 설계 겸, 세상에 대한 외면 겸

해서 그 암자를 찾아들었다.

그 암자에는 나보다 더 선병질적으로 생긴 처녀 하나가 절의 허드렛일을 도우며 눌러앉아 살고 있었다. 필시 깊은 병이 있어 요양 삼아 절 생활을 하고 있는 건 틀림없어 보이는데 난 그녀가 무슨 병을 앓고 있는지는 아무에게도 물어보지 않았다. 앳된 얼굴에 긴 생머리를 뒤로 묶은 그녀의 모습은 매우 인상적이었다. 절 사람들은 그런 그녀를 두고 모두들 '애기 보살'이라고 불렀다. 애기 보살은 예불 시간이 아니어도 틈만 나면 법당에 엎드려 기도를 올렸다.

그런 어느 비 오는 날 밤, 나는 내가 거처하는 방 안에서 뒤척거리며 빗소리를 듣다가 마음이 싱숭생숭해서 방을 나와 희미한 촛불 빛이 새어 나오는 법당 뜨락을 서성댔다. 그런데 가만 귀를 기울여보니 법당 안에서 불빛과 함께 울음소리도 같이 새어 나왔다. 나는 조심스레 법당 문을 조금 열고 안을 들여다보았다. 애기 보살이 불상을 향해 반듯이 꿇어앉은 채 손을 가슴께에 모으고 있었다. 그런데 그녀는 어깨를 들썩거리며 울고 있었다. 그녀가 왜 울었는지는 지금까지도 알 수 없다. 나는 그녀가 합장을 한 채 기도하는 자세로 앉아 우는 모습에서 잠시 알 수 없는 묘한 느낌을 받았다. 나는 애기 보살이 눈치채지 못하게 곧바로 법당 앞을 물러 나와 내 방의 문턱에 걸터앉았다. 추녀 끝에서 떨어지는 빗소리와 애기 보살의 흐느낌 소리, 아니 흐느낌이라기보단 더 커다랗게 들리는 듯한 눈물 떨어지는 소리. 나는 오랫동안 방 문턱에 걸터앉아 그 소리들을 들으며 여러 생각에 빠져들었다.

아침에 일어나 보니 비는 그쳤지만 절 마당 한구석에 있는 달맞이꽃의 꽃잎이 모두 떨어져 있었다. 아마 어젯밤, 애기 보살의 눈물이 떨어질 때 꽃잎도 같이 떨어졌으리라.

그날 이후 애기 보살을 보면 달맞이꽃이 떠올랐고, 또 달맞이꽃을 보면 애기 보살이 떠올랐다. 낮에는 다소곳이 몸을 사리고 있다가 해가 지면 그때부터 활짝 피는 달맞이꽃, 그 꽃잎이 비바람에 떨어졌다. 그리고 꽃잎이 떨어질 때 애기 보살의 눈물도 같이 떨어졌다.

애기 보살은 그후 정식으로 출가자의 길을 걷기 위해 큰 절로 공부하러 떠났다. 그녀의 떠남과 동시에 그녀가 법당 마룻바닥에 떨어뜨린 눈물은 이내 곧 흔적 없이 지워졌으리라. 그러나 내 가슴엔 그 밤에 떨어지던 빗소리와 꽃잎 소리, 그 소리들이 그녀의 눈물 떨어지던 소리와 함께 아직도 남아 있다. 그녀는 아마 아직도, 아니 영원히 이 사실을 모르겠지만.

3장

글의 품 안에서

김남주 시인의 '좆까 마이신'

김남주 시인이 지금 이 땅에 계신다면 요즘 상황에 대해 무슨 말씀을 하셨을까? 하도 기가 막혀 '좆까 마이신' 하면서 혀를 차지 않으셨을까? 해마다 김남주 시인의 기일을 맞으면 그의 이러저러한 일이 생각난다.

오래전 1990년대 초 시집 『이 좋은 세상에』가 한길사에서 나왔을 무렵, 서울 지하철 신사역에서 자필 서명을 해주셨다. 그때 마침 내게 '세라믹 펜'이라는 게 있어 그걸 드렸더니 당신 시집에 서명을 해주신 뒤 "이런 것 비싸지?" 하며 물으셨다. (삼백 원인가 했지 아마?) 나는 "글씨 잘 써지시면 가져가세요" 하고 대답했다. 그랬더니 "내가 가져도 돼?" 하면서 소탈하게 웃으시던 모습이 지금도 눈에 선하다.

옥독(獄毒)이 덜 빠져, 세상과 격리된 채 오래 산 탓에 세상 물정을 모르시던 시인. 그래서 그의 별명이 '물봉'이기도 했다. 그러나 나는 그가 광주교도소에 있던 5·18 때가 떠올라, 아니 그 전의 남민전 사건 때가 떠올라 이미 그의 이름에 눌려 있었다. 학교, 고향, 문단 선배이기에 더 살갑게 굴 수도 있었지만 감히 함께 있는 것조차도 버거워했던 기억이 난다. 그는 마흔여덟 나이로 세상을 떴는데 그가 세상을 뜬 나이보다도 훨씬 더 살고 있는 나는 아직도 헤매고 있다.

세상 물정을 몰라 그의 별호가 '물봉'이었는데, 세상 물정 모르기는 마찬가지인 여럿이 뒷날 '물봉 산악회'라는 걸 만들었다(더 선배 되는 어른들은 '오로지 산악회', '거시기 산악회', '으악새 산악회'라는 이름도 썼고). 그때 홍일선 시인, 박몽구 시인, 공광규 시인, 양문규 시인 등과 북한산을 꽤 오래 오르내렸던 기억이 난다.

감옥에서 십 년 세월을 보내고 나온 김남주 시인. 시인은 전사라고 하던 분. 사람이 독하기는 독하다고 하면서 감옥 좁은 방에 바퀴벌레나 쥐도 사람만큼 오래 지내지 못한다는 말씀을 하셨다. 옥독으로 췌장암을 얻어 손쓸 수가 없게 되어 세상을 떴는데, 얼마나 아팠는지 돌멩이나 망치로 자신의 거시기를 짓이겨버렸으면 좋겠다고 할 정도였다.

경기대 서울 교정에서 노제를 지냈지, 아마? 벌써 기억이 가물가물하다. 그러나 여의도 여성백인회관인가 하는 데서 시 「자유」를 카랑카랑하게 내뱉던 기억은 뚜렷하다. 지금도 "만인을 위해 내가 일할 때 나는 자유"의 구절이 생각난다. 그의 시는 종이에 씌어 있을 때보다 낭송할 때 울림이 더 컸다.

하이네와 브레히트와 네루다와 마야콥스키를 좋아했던 시인. 그래서 하이네와 네루다의 시를 직접 번역하기도 했다. 그는 하이네와 네루다를 사랑과 혁명의 시인으로 규정했다. 네루다 시집은 그 전에 박봉우 시인이 낸 적 있고(일본어판 중역), 정현종 시인이 내기도 했지만 개인적으론 김남주 시인의 가락을 좋아했다. 하이네나 네루다 말고 카프카도 좋아했는지 그가 운영하던 서점 이름이 '카프카'였다.

대학의 문예창작과에서 '문학과 영상' 과목을 맡으면 네루다가 나오는 영화 〈일 포스티노〉를 학생들에게 보여주며 시와 은유와 혁명을 맛보게 했다. 내 첫 시집 원고에 '마이암부톨'이나 '에탐부톨'이라는 약 이름 대신 '하얀 약, 노오란 약' 등으로 표기했더니 바로 "폐결핵 앓았어?"라고 묻던, 다정했던 시인.

김남주 시인은 자신이 다닌 영문과(대부분 학생들은 영문도 모르고 영문과를 다녔지만, 김남주 시인에 이어 박몽구 시인과 임철우 소설가는 영문을 너무 잘 알았다! 그 옆 국문과엔 굶는 과인지도 모르고 국문과를 다니는 학생들과 달리 곽재구 시인과 임동확 시인, 공선옥 소설가, 장정희 소설가 등이 다녔고) 강의실에서 교수의 강의를 듣다 더 참지 못하고 혀를 차면서 "좆까 마이신"이라고 했단다. 이어 허허 웃으면서 뒷문을 박차고 나왔단다.

옥살이를 십 년 하고 나온 김남주 시인은 생전에 남인수의 〈고향의 그림자〉를 자주 부르셨다. 한길사, 민음사, 열화당이 들어서 있던 신사동의 강남출판문화센터 언저리와 당시 민족문학작가회의가 있던 서울 마포의 아현동 언저리 식당에서 어슴푸레한 밤이면 후배들 앞에서 부르던 노래. 그땐 노래방이 아직 없던 시절이니 모두들 대폿집이나 호프집에서 젓가락 장단에 맞춰 노래했다.

찾아갈 곳은 못 되더라 내 고향
버리고 떠난 고향이길래
수박등 흐려진 선창가
전봇대에 기대서서 울 적에
똑딱선 프로펠라 소리가
이 밤도 처량하게 들린다
물위에 복사꽃 그림자 같이
내 고향 꿈은 어린다

찾아갈 곳은 못 되더라 내 고향
첫사랑 버린 고향이길래
종달새 외로이 떠 있는
영도다리 난간 잡고 울 적에
술 취한 마도로스 담뱃불
연기가 내 가슴에 날린다
연분홍 비단실 꽃구름같이
내 고향 꿈이 펴진다

찾아갈 곳은 못 되더라 내 고향
마지막 울던 고향이길래
이슬비 내리는 낯설은
지붕 밑을 헤매돌며 울 적에
저멀리 날아가는 갈매기
불러도 대답없이 갔느냐
새파란 별빛이 떠도는 물에
내 고향 꿈만 서럽다

2절의 "술 취한 마도로스 담뱃불 연기가 내 가슴에 날린다" 부분을 부를 때 나는 묘한 감정이 일었다. 나중에 어떤 가수가 이 노래를 '리메이크'하여 '마도로스'를 '외항선 선원'으로 바꿔 불러 쓴웃음을 지었던 기억이 난다. 외래어면 무조건 한국말로 바꾸어야 한다는 강박 때문에 그랬겠지만 어감은 하늘과 땅 차이.

국가 공인 미남

소설가 송기숙 선생이 '교육 지표' 사건 재심에 대한 무죄 판결 보상금을 장학금으로 내놓으셨다. 본인은 몸이 너무 안 좋아 가족과 자식들이 대신해 주었다. 교육 지표 사건은 내가 대학 들어가 처음으로 시위를 하게 한 사건으로, 경찰에 쫓겨 남의 집 담도 처음 넘어보았다. 송 선생은 잡혀갔다. 몇십 년 지나 재심에서 무죄가 났지만 송 선생은 '뭐가 뭔지 모르겠소'라며 어리둥절한 표정을 지어 주위 사람들은 더욱 안타까워했단다.

송 선생이 대학에 없었던 탓에 강의는 한 번도 못 들었지만 그 당시에 『자랏골의 비가』, 『도깨비 잔치』 등을 통해 사숙했다. 문단에 나와 뵈었을 때 처음엔 나를 두고 제자뻘이라고 소개하다가 나중에는 아예 제자라고 소개하면서 분에 넘치는 사랑을 베푸셨다.

송 선생의 사랑을 되새기자니, 선생이 서울 오실 때면 늘 부르셔서 홍대 앞에 있던 '눈치 없는 유비'인가 하는 식당에서 생선조림을 먹던 기억이 난다. 그 자리에는 요절한 김지우 소설가가 함께했다. 김지우 소설가는 송 선생의 작품을 좋아해 고등학교 때부터 『자랏골의 비가』 같은 작품을 쓰려고 마음먹었단다.

송 선생이 지금 몸을 못 쓰게 된 것도 5·18 때 시민 수습 위원 자격으로 참여하다가 체포되어 감옥살이를 한 탓이다. "저녁에 자려면 맥주 두어 병을 마시든가, 뜸을 백여 군데 떠서 통증을 완화해야 잠이 들어……"라고 말씀하셨다.

십수 년 전 송 선생과 소설가 한승원 선생과 무슨 심사를 같이 한 적 있었다. 나는 열심히 작품을 읽고 있는데 두 분은 맥주인지 포도주인지를 드시면서 술 대작을 하셨다. 송 선생 왈, "자네 뭣 하는가? 이리 오소. 가마솥 국을 다 먹어야 국 맛을 아는가? 한 숟갈만 떠먹으면 알아야지"라고 하셨다. 한승원 선생도 고개를 끄덕끄덕. 참, 한승원 선생은 송 선생을 깍듯이 모셨는데, 한 선생의 친형과 송 선생이 고향의 고등학교 동창이라서 더욱더!

내겐 소설가 고(故) 이문구 선생도 여러모로 스승. 두 분이 언젠가 나눈 이야기를 나는 시로 훔쳐왔다.

그 옛날 걸핏하면 글쟁이 얼굴이 지명수배 전단에 오르던 때였지
세월 지나 그때 일 돌아봐도 될 무렵 되어
송기숙 소설가와 이문구 소설가가 가끔 설전을 벌이며

후배 글쟁이들의 판단을 기다리곤 했지

송 왈　　미남부터 먼저 한 잔 혀야제.

이 왈　　형님 먼저 한 잔 허는 거야 말릴 일 아니제만,
꺽정패 같은 화상이 미남이라니, 자다가 봉창
두드리데끼 그것이 시방 믄 말씀이우?

송 왈　　허허, 자네 벌써 까묵어부렀는가? 나는 국가에서
인정한 미남이잖이여! 촌 차부 벽에까정 그렇게
써 붙여 나를 광고했잖이여?
'이 자는 호남형으로' 어쩌구저쩌구 말이시.
아따, 껄쩍지근허게 내 입으로 이런 말까정 꼭
해야 쓰겄는가?

이 왈　　나도 그렇게 써졌던 것 같은디…….

송 왈　　아녀, 문구 자네는 '얼핏 보면 미남이나…….' 고렇게
사진 밑에다 꼬랑지 붙여 놨잖이여! 그 말이 뭔 소
리여? 첫눈엔 미남 같제만 자세히 뜯어 보믄 미남이
아니란 말아녀?

이 왈　　착 보믄 척! 첫인상이 중요하제, 꼭 찬찬히 뜯어봐야
아남. 그러고 그때 사진을 못 나온 걸루 썼드만.

송 왈　　사진 탓 허긴! 원판 불변의 법칙 모르는가? 하여튼
나는 나라에서 인정한 미남이란 말이여!

이 왈　　형님은 원판보다 나은 사진 썼드만, 형님은 순 사진

발이었다니께유.

송 왈 으찌되았든 나는 나라에서 인정한 미남이란 말이시. 자 한 잔씩들 혀. 미남이 권한께 술맛도 더 돋을 것이여!

후배 글쟁이들 술잔 들고선 저마다 키득키득

—「국가 공인 미남」

글을 보면 다 알아!

시인 신경림, 김준태, 소설가 전상국, 문순태, 아동 문학가 엄기원 선생들과 함께 어떤 문학상 심사를 하고서 점심을 먹었다. 그 자리에서 김준태 선생이 이런 취지의 말씀을 했다. 시를 오래 쓰고 읽다 보니 나름대로 느낌이 생겨 어떤 시를 보면 종이에 썼다가 컴퓨터로 옮겼는지, 처음부터 컴퓨터로 찍었는지 알 수 있고, 오래 몸속에 들어와 있다가 시로 구성되었는지, 즉흥적으로 썼는지도(별다른 사유와 고뇌 없이 말 부림, 말장난 수준으로) 알 수 있다고 하셨다.

생전에 소설가 손소희 선생은 원고를 보면 방바닥에 배 깔고 엎드려 썼는지 책상 앞에 앉아 썼는지도 알겠다고 하였다면서. 그런데 다른 무엇보다도 요즘의 시는 너무 섬뜩하단다. 칼로 찌르는 것 같고, 몸을 마구 헤집는 것 같단다. 언어에 깊이 천착하기보단 디지털 매체의 즉흥성과 잔혹성을 그대로 시에도 반영하는 세태라고 하셨다.

소설가 문순태 선생은 왕년에 신문사에서 편집국장으로 지낼 때, 기자가 기사 원고를 써서 올리면 그 전날 이 기자가 술을 마시고 아침에 기사를 썼는지 맨정신으로 썼는지를 알 수 있다고 하셨다. 심지어 술도 소주를 마셨는지 맥주 혹은 양주를 마셨는지도 알 수 있었다고……. 요즘 소설을 보면 작가가 현장 답사를 하거나 자료를 제대로 뒤적였는지, 인터넷에서 적당히 검색해서 작품을 꾸렸는지를 알겠다고 하셨다.

아프리카 세네갈의 상고르 대통령도 시인이었고, 체코의 하벨 대통령도 시인이자 희곡 작가였고, 프랑스 미테랑 대통령도 시인이자 소설가였고, 프랑스 문화부 장관이었던 앙드레 말로는 소설가였는데, 우리나라는 글쟁이 대통령이 없었다고 볼멘소리를 한 적이 있다. 그러자 시인 신경림 선생은 우리나라에선 프랑스 소설가 앙드레 말로를 행동하는 지성인으로 좋게 여기지만, 그가 드골 대통령의 신임을 얻어 문화부 장관으로 지낼 때 식민지의 문화재를 약탈해 와서 프랑스에 소장한 주범이기도 하다고 하셨다.

아동 문학가 엄기원 선생은 "깨에 소금을 넣으면 '깨소금'이 되는데, 그럼 깨에 다디단 설탕을 넣으면 무엇이 될까요?" 했다. 좌중이 이런저런 대답을 하자 선생이 대답했다. "깨가 달다, 그러니까 '깨달음'이 됩니다." 다들 고개를 뒤로 젖히며 웃었다!

사랑과 글쓰기

'사랑과 글쓰기' 주제로 강연을 했다. 처음엔 주제가 '사랑의 글쓰기'가 아닌가 싶어 다시 확인해 보니 '사랑과 글쓰기'가 맞단다. 그래서 거기에 맞춰 횡설수설한 걸 생각나는 대로 적어본다.

칠레의 시인 파블로 네루다 자서전에는 '사랑하고 노래하고 투쟁하다'라는 부제가 붙어 있다. 그의 삶을 딱 맞게 요약했다. 그는 결혼을 세 번이나 하고 숱한 여자들에게서 시의 '뮤즈'를 챙겼던 사람이기에. 더불어 투쟁을 멈추지 않았다. 볼리비아 산속에서 게릴라로 활약하다 죽은 체 게바라의 배낭엔 수학책과 네루다의 시집 『모두의 노래』가 있었단다. 네루다는 '노래'를 시집 제목으로 쓸 만큼 좋아했다. 네루다의 사랑을 강조하면 정현종 시인의 번역판이 나오고 네루다의 투쟁을 강조하면 김남주 시인의 번역판이 나온다.

네루다가 칠레산 포도주와 여자를 좋아했다는 건 익히 알려진 사실이다. 그래서 그를 다룬 영화 〈일 포스티노〉의 젊은 우체부 마리오 또한 베아트리체라는 아가씨와의 연애에 써먹기 위해 네루다에게 시를 가르쳐달라고 한다. 그가 거기에 그쳤다면 다만 연애시를 쓴 사람으로만 남았을 것이다. 그는 마리오가 시를 활용하여 사랑을 이루게 하고 나아가 세상을 바꾸는 데 조금이나마 힘을 더하게 한다. 시의 은유가 가지는 힘을 알게 한 것이다.

우스갯소리로 '시는 시시해서 시'라지만 시는 결코 시시하지 않다. 체코계 아메리카인인 안드레 블첵은 그의 글 「시와 라틴아메리카 혁명」(잡지 《녹색평론》에 번역 게재)에서 "어떻게 우리가 입술에 시를 담지 않고, 가슴속에 사랑하는 사람을 품지 않고, 다만 우리가 지키고 다시 세우고자 하는 나라에 대한 전적인 헌신만으로 투쟁 속에 뛰어들 수 있었겠는가"라고 물었다. 이 말에 사랑과 시가 다 들어 있다.

대한민국의 유치환 시인과 이영도 시인 간의 수천 통의 편지, 중국의 루쉰과 제자 쉬광핑의 편지, 인도의 간디가 미라라는 여인에게 보낸 삼백여 통 넘는 편지 등 사랑이 담긴 글은 이루 헤아릴 수 없다. 하지만 일찍이 프랑스의 롤랑 바르트는 "사랑하는 것만큼 사랑받지 못한다"는 걸 눈치챘고, 프루스트는 "우리는 완전히 소유할 수 없는 것만을 사랑할 수 있다"고 설파했다. 이에 더해 플로베르는 "두 연인은 동시에 똑같이 서로를 사랑할 수 없다"고까지 했다.

그러고 보니 사랑이 무척 자유로운 프랑스 사람들이다. 그럼 우리 조상들은 어떤 말을 했을까? 우리 속담엔 '품마다 사랑 있다'는 말이 있다. 이러고 보면 프랑스 사람보다 대한민국 사람이 한 수 위인가 싶은 우스운 생각도 든다. 네덜란드의 스피노자는 "모든 인간은 자신의 능력만큼 신을 만난다"고 했는데 이를 사랑에 적용하면 어떨까? '모든 인간은 자신의 능력만큼 사랑한다'로.

글을 쓰다 불쑥 떠나다

어느 해 가을, 절집에서 내는 잡지에 인물 대담기를 쓰고 있을 때였다. 불교 종단의 종정까지 지내신 노스님 한 분을 취재하기 위해 잡지사의 편집자와 사진가, 그리고 필자 이렇게 셋이서 같이 길을 떠났다.

스님이 계신 곳은 경상도 상주와 문경의 경계선 어디쯤 되는 깊은 산골에 자리한 작은 절이었다. 우리 일행은 어차피 절에서 하룻밤을 묵어야 할 것 같아 오후 늦게 서울에서 출발했다. 그런데 늦은 출발이 그날 밤 내내 고생한 원인이 되고 말았다.

가을 해는 그리 길지 않아 경상도 땅을 들어서기도 전에 어둠이 내리고 말았다. 더더구나 우리 셋 모두 그 길이 초행길이었다. 어둠 속이지만 국도가 끝나는 곳까지는 그럭저럭 표지판을 잘 살펴 목적지를 향해 갈 수 있었다. 그러나 그렇게 갈 수 있는 길은 이내 곧 끝나버렸다. 물론 길은 길로 계속 이어져 있었다. 하지만 새로 나타난 길은 지금까지의 길과는 전혀 다른, 산길이었다.

찻길이 끝난 곳에서 바로 이어진 산길로 접어들며 우리는 너무 늦게 길을 나선 걸 후회했다. 더이상 자동차로 갈 수 있는 길도 아니고 짧은 길도 아니었다. 차를 적당한 곳에 내팽개친 우리는 어둡고 울퉁불퉁한 돌길을 더듬느라 너 나 할 것 없이 넘어지고 엎어지기를 몇 번씩 되풀이했다. 길 양쪽으로는 숲이 우거질 대로 우거져 바로 한 치 앞도 보이지 않았다.

어느 순간, 나는 돌부리에 걸려 넘어지면서 그 자리에 주저앉고 말았다. 무릎이 깨지는 아픔을 참느라 잠시 숨을 고르며 고개를 돌리는 그 순간, 나는 온몸이 떨리는 느낌을 받았다. 그야말로 '톡' 건드리기만 하면 금방이라도 뭉텅이로 쏟아져 내릴 것만 같은 별들이 바로 내 품에 안겨 들어왔기 때문이다. 사방으로 한 뼘씩이나밖에 바라보이지 않는 까만 하늘에 빽빽하게 들어박힌 별들.

이 세상에 태어나서 그렇게 가까이서 별을 대해 보기는 처음이었다. 어린 시절을 시골에서 보냈기 때문에 밤하늘의 별은 늘 가까운 곳에 있었다. 그러나 그때는 너무나도 당연한 풍경이라 별 감동 없이, 바로 일상적인 삶의 배경으로만 별을 받아들였을 뿐이었다. 그런데 오랜만에, 산길에서 만난 별은 전혀 다른 새로움이었다. 어쩌면 내가 나이 먹은 그만큼 그 별들도 나이를 더 먹고 늙었을 텐데 그 순간 그 별들은 결코 낡은 감회가 아닌 새로운 감동을 내게 안겨주었다.

그날 밤늦게 도착한 산골 절에서 스님과 나눈 대화도 소중한 것이었지만 내 가슴엔 그 깜깜한 산길의 별들이 주던 감동이 더 오래 자리 잡고 있다.

여행이란 이런 것이다. 원래 목적했던 일보다 뜻하지 않게 일어난 일에 더 감동하고 추억으로 되씹게 되는 것이 여행이다. 그래서 우리는 여행을 떠난다.

더더구나 여행은 일상의 손때 묻은 삶 속에서 눈여겨보지 않고 그냥 지나쳤던 것들마저 전혀 새로운 감동으로 느끼게 해준다. 집 앞 골목에서 맡는 바람 냄새와 여행길에서 맡는 바람 냄새가 다르고, 집 마당에 내리는 비의 촉감과 여행지 숙소 뜰에 내리는 비의 촉감이 다르다.

글 쓰는 일을 업으로 하여 살아온 지 오래다 보니 이래저래 직업과 관련된 여행을 떠나는 일이 자주 있다. 먼저 공적인 여행이 있는데, 앞에서처럼 글의 대상이 되는 사람이나 지역을 찾아 떠나는 여행은 그야말로 공적인 여행이다. 공적인 여행으로는 원하든 원하지 않든 문학 기행이니 답사 여행이니 하는 떼거리 여행을 하게 되는 경우도 있다. 그다음으로는 그야말로 사적인 여행이 있는데 이거야말로 진짜 여행이 아닌가 싶다.

내게 있어 사적인 여행이란 글을 쓰다가 불쑥 떠나는 여행이다. 작품이 마음먹은 대로 풀리지 않을 땐 정말이지 죽고 싶은 심정이다. 이런 때는 억지로 글에 매달려 있기보단 오히려 그 글에서 풀려나 있는 것이 결과적으로 작품을 더 잘 마무리할 계기가 되기도 한다.

언젠가 작품 하나를 써나가는데 등장인물의 성격은 어느 정도 잡혔는데도 글의 진도가 나가지 않아 무척 애를 먹었다. 썼다 지우고 썼다 지우고 하기를 수차례. 나는 아무래도 그러고 앉아 있다가는 죽도 밥도 안 될 것 같은 예감을 받았다. 바로 그때였다. 거기까지 쓰는 과정에서 '동백꽃'이라는 어휘가 몇 번 나왔다 들어갔다 했는데 바로 그 동백꽃이라는 말이 나의 눈을 붙들었다.

나는 나 자신도 모르게 무릎을 탁 쳤다. 바로 이거다! 동백꽃을 보러 가는 것이다! 그런데 동백꽃을 보자면 남도까지 가야 한다. 망설일 게 뭐 있겠는가. 멀든 가깝든 뛰어가서 동백꽃을 보고 오면 그만이지. 난 그 길로 집을 나와 서울역으로 내달려 목포 가는 밤차에 올라탔다.

밤차를 타고 가는 동안 어이없게도 나를 따라온 사람들 때문에 나는 줄곧 눈을 붙이지 못한 채 그들의 얘기를 들어주어야만 했다. 여행길까지 나를 따라온 사람들은 다름 아닌 작품 속의 등장인물들이었다. 특히 내가 애정을 가지고 있던 여자 인물 하나가 끈질겼다. 남자 인물들은 적당히 구슬리자 이내 곧 내게서 떨어져 나갔다. 그러나 그 여자 인물은 밤새 나를 붙들고 놓아주지 않았다. 나는 하는 수 없이 이번 여행은 작품 속의 그 여자와 동행하기로 마음을 바꿔 먹어야 했다.

새벽, 그 여자와 나는 마침내 목포역에 도착했다. 어디 가서 눈을 붙일까 말까 망설이고 있는데 그 여자가 말했다.

"우리 유달산에나 올라가요."

나는 그 여자의 말대로 유달산에 올랐다. 그 옛날, 학창 시절에 유달산을 함께 올랐던, 어여뻤던 여학생이 생각났다. 그 여학생은 지금 어디서 무얼 할까? 희미한 옛 추억을 더듬는데 그 여자가 다시 소매를 잡아끈다.

"무슨 생각 해요? 사람 옆에 놔두고."

나는 다시 현실로 돌아왔다. 그러나 지금이 현실인가, 그 옛날이 현실인가.

날이 밝자마자 나는 그 여자가 끄는 대로 해남 가는 차를 타고 간 뒤 동백꽃을 보러 진도로 갈까, 완도로 갈까 하고 망설였다. 그러나 그 여자와 함께 해남 버스 차부에서 가벼운 아침을 먹고 난 뒤 생각이 바뀌었다. 작품 속의 인물 하나가 광주에 가보라는 신호를 보내온 것이다. 내가 그 여자에게 말했다.

"동백꽃 안 봐도 되니까 광주에나 들르자구."

그 여자는 한참 동안 망설이다가 마침내 고개를 끄덕였다.

광주에 도착한 뒤 서둘러 망월동에 들렀다. 거기에 누워 있는 지인들의 생전 모습을 떠올린 뒤 나는 거기서 물러 나와 무등산으로 길을 잡았다. 그 여자는 망월동의 무덤들을 보는 순간 충격을 받았는지 망월동을 나서면서부턴 이렇다 저렇다 아무 말 없이 내 발길 가는 대로 그저 따라오기만 했다.

나는 무등산에 올라, 이 계곡에서는 내 친구 누구랑 고등학교 때 멱 감았고, 저기 산등성이에서는 대학 졸업반 가을 내내 억새들의 울음을 가슴으로 듣곤 했지, 하고 사뭇 물기 어린 목소리로 그 여자에게 말했다. 그리고 지금은 돌아갈 수 없는 날들의 기억에 대해 자세히 들려주었다. 그 여자는 끝까지 내 말에 귀를 기울여주었다.

나는 무등산에서 내려오는 대로 서울 가는 고속버스에 올라탔다. 물론 그 여자도 동행했다. 생각해 보니 오후 다섯 시가 다 되도록 점심을 먹지 않았다. 게다가 떠날 때 보려 했던 동백꽃도 보지 못했다. 그러나 나는 서울에 돌아오자마자 막혀 있던 글의 실마리를 찾아 단숨에 써 내려갈 수 있었다. 동백꽃을 보러 간 여행이었는데 동백꽃은 보지 못했어도 동백꽃 대신 다른 이야기를 잔뜩 안고 올 수 있었던 것이다. 생각지도 않은 작품 속의 여자와 함께 떠났다 돌아온 여행이었다.

나의 숨은 모습을 찾아서

여행은 이런 것이 아닐까? 나 혼자서 불쑥 떠나는 것. 예정하고 누구누구와 함께 가느니 어쩌니 하며 준비를 하다 보면 여행의 적기를 놓치는 수가 많다. 여행의 적기는 지금 바로 떠나지 않으면 도저히 아무것도 하지 못하겠고, 아무것도 생각나지 않을 정도로 몸이 달아올라 있을 때다. 그때를 지나 여행을 하게 되면 그땐 참된 의미의 여행이라기보단 그저 관광이 되어버리기 쉽다. 그리고 같이 갈 사람이 나타날 때까지 굳이 기다리지 말아야 한다. 여행하는 순간엔 혼자 있으면 있을수록 더 많은 사람이 눈에 보인다.

그래서 나는 이렇게 권하고 싶다. 떠나고 싶을 때 떠나라. 남과 같이 가려고 벼르다 보면 떠나지 못할 수 있다. 혼자 떠나도 뜻하지 않은 사람과 동행을 하는 경우가 생기기도 하는 게 여행이다. 때에 따라선 그것도 별로 나쁘진 않다. 그러나 그건 그야말로 '때에 따라서'다.

『월든』으로 우리에게 잘 알려진 헨리 데이비드 소로는, "혼자서 여행을 떠나는 사람은 당장 오늘이라도 출발할 수 있지만, 다른 사람과 함께 떠나는 사람은 같이 떠나려는 사람들이 준비를 다 할 때까지 기다려야 한다"고 했다. 전적으로 동감이다.

물론 이 말을 다른 상징으로 해석할 수도 있다. 그러나 여기선 굳이 어렵게 생각하지 말자. 또 이 말은 숲속에서 혼자 사는 일에 익숙해진 사람의 고집스러운 변일 수도 있다. 그러나 일상에서 부대낄 대로 부대끼는 사람일수록 가끔은 모든 것에서 벗어나볼 필요가 있다. 자기 자리에서 벗어나 있어야 자신을 둘러싼 모든 것이 오히려 뚜렷하게 보이기도 하는 법!

그런데 여행은 이처럼 현실 공간에서만 떠나는 것이 아니다. 사람들 사이로 떠나는 여행도 있다. 현실 공간에서 떠나는 여행은 반드시 자신의 몸을 어디론가 이동시켜야 하지만 사람 사이로 떠나는 여행은 굳이 그럴 필요가 없다.

나는 틈날 때마다 사람과 사람 사이를 비집고 돌아다니길 좋아한다. 사람들 사이의 여행이란 내가 이만큼의 나이를 살면서 만난 사람들의 얼굴을 떠올리는 것이다. 어려서부터 숱하게 만난 사람들의 얼굴을 시간이 날 때마다 가만히 떠올리면 그 사람 수만큼이나 얼굴 생김생김만큼이나 다양한 삶의 이야기가 떠오른다. 나는 그 삶의 이야기 속에서 내게 필요한 지혜를 읽어내기도 하고 따뜻했던 사람과의 관계를 떠올리며 스산해진 내 마음을 어루만지기도 한다.

방학을 한 요즘엔 지난 학기 동안 나한테서 문학 강의를 들었던 학생들의 얼굴 하나하나를 떠올리며 여행을 하고 있다. 팔십 명이 넘는, 그들의 진지했던 눈빛 속에서 삶의 신비로움을 떠올리는 게 나로선 그다지 무리한 일이 아니고, 그들의 숨김없는 웃음 속에서 삶의 경이로움을 떠올리는 것 또한 무리가 아니다. 방학이 끝나면 그들은 어떤 여행을 통해 어떤 모습으로 자신을 가꿔 학교에 다시 나올는지. 아직은 모두들 젊은 나이인지라 어쩌면 혈기 왕성하게 힘으로만, 기운 가는 대로만 하는 여행을 하고 올지도 모른다.

그러하기에 나는 기회가 닿는다면 그들을 데리고 꼭 한 번쯤 서해에 가서 내가 맡은 문학 과목 아닌, 삶의 강의를 하고 싶다. 서해는 해가 떠오르는 동해와는 달리 해가 지는 곳이다. 우리 인간은 힘차게 뻗어 나가는 생성에 대해선 늘 생각하지만 사그라지는 소멸에 대해서는 소홀하기 쉽다.

그래서 나는 혈기 왕성한 젊은 그들에게 서해에 지는 해를 통해 소멸을 이야기하고 싶은 것이다. 소멸을 알아야 생성에 대해서도 더 깊이 생각하게 되고 나아가 삶이 더 진지해질 수 있다는 역설의 주장을 하고 싶은 것이다. 이름하여 '소멸의 미학.' 그렇다면 결국 내가 하는 삶의 강의는 다시 문학 강의가 되고 말지도 모른다. 하긴 삶을 떠난 문학이 어디 존재하겠는가.

여행을 통해, 낯선 곳으로의 떠남과 익숙한 곳으로의 돌아옴의 반복을 통해 내가 궁극적으로 추구하는 것은 낯섦과 익숙함 사이에 있는 나의 숨은 모습을 찾는 것이다. 나의 숨은 모습은 일상의 익숙한 풍경 속에서는 결코 찾아지지 않는다. 낯선 풍경 속에 나를 세워놓았을 때 나는 더 나다운 나를 찾게 되고, 나아가 더 튼실한 일상을 가꾸게 된다.

만나야 할 사람은 반드시 만나게 된다

문학평론가 임헌영 선생이 페이스북에 들어오신 걸 계기로 인연에 대해 생각해 보는 밤이다. 초중고 다니는 동안 존경할 만한 선생을 만나지 못해 나는 소설에서는 물론 동화에서도 교사를 늘 희화화한다. 그런데 다행히도 문학 동네에선 좋은 스승들을 만나는 복을 누렸다. 내 문학 스승은 소설가 이문구, 송기숙 선생, 그리고 문학평론가 임헌영 선생이다. 이문구 선생은 이미 고인이 되셨고, 송기숙 선생은 투병 중이시다. 세 분 가운데 지금 가장 가까이 계신 분은 임헌영 선생이다.

임헌영 선생 함자를 안 것은 1970년대 독재 정권이 일으킨 문인 간첩단 조작 사건 때문이다. 까까머리 고등학생임에도 바로 날조라는 것을 알았던 사건이다. 1970년대에 오스카 와일드의 『옥중기』나

윌 듀랜트의 『철학 이야기』(문고본보다 약간 크고 세로 조판에 600쪽이 넘던 두꺼운 책. 그때 가격이 499원!) 같은 책을 번역하기도 해서 그런 책을 통해서도 함자를 기억했다. 결정적으로 알게 된 계기는 형성사에서 나온 『창조와 변혁』이라는 책 덕분이다. 문학을 공부하면서 그 책을 통해 받은 충격은 컸다. 하여튼 임헌영 선생의 존재를 뚜렷이 알게 한 책이다. 김응교 시인도 마찬가지였던 듯하다.

1960~70년대에 이미 친일 문학을 배격하며 민족 문학 등을 주창하신 것을 보고 그 논리에 고개를 많이 끄덕였다. 나아가 평론을 통해 작가상, 장르론, 리얼리즘 문학 등을 언급한 것을 보고선 그분의 혜안에 감탄했다. 몇십 년 전에 주장하셨던 것들이지만 지금도 유효하기에, 평론집 『창조와 변혁』이 다시 출간되었으면 하는 바람도 있다.

1990년에 창간한 《한길문학》 주간을 선생이 맡으셨기에 주저하지 않고 시를 거기에 투고한 것은 극히 당연했다. 만나야 할 사람은 반드시 만나게 되는구나 하면서. 그때 나는 장편 서사시를 투고했다.

선생은 여든 연세에도 아주 건강하셔서 젊은이 못지않게 활동하시며, 생각도 활달하시다. 몇 해 전에 돌아가신 선생의 모친도 거의 백수를 누리셨다. 선생도 그 유전자를 이어받았을 터이므로 건강하실 테고, 술도 담배도 하지 않으시며 하루 시작을 요가와 함께하시니 더욱 건강하실 터. 오래전 1980년대에 읽은 어느 신문 칼럼에서 선생은 이십 대에 평생 마실 술을 다 마셔버려서 지금은 안 마신다고 하셨다.

《한길문학》 신인상 당선 통지를 받았을 때 선생께서 당선자를 만나봐야 문학을 평생 할 것인지 아닌지 알 수 있을 거라 하셔서 안암동 어디서 처음으로 뵈었던 기억이 난다. 그때 커피에 얽힌 다형 김현승 시인의 생전 일화를 들려주시기도 했다.

《한길문학》 창간호로 문단에 나온 오민석 시인(단국대 영문과)과는 동갑이니까 바로 말을 놓으라고 말씀하셨다. 지금 놓지 않으면 평생 말 못 놓는다면서. 그 충고에 따라 나중에 오민석 시인을 만났을 때 서로 편하게 말을 놓고 지내기로 했다. 문단에서 말을 놓고 지내는 사람은 딱 두 명이다. 오민석 시인과 다른 한 명은 노래 〈솔아솔아 푸르른 솔아〉의 원작자인 고(故) 박영근 시인이다.

살다 보면 만나서 좋은 사람도 있고, 만나지 않았으면 더 좋을 사람도 있다. 문학 스승들을 만남으로써 나 자신이 더욱 문학적으로 성숙하는 계기가 되었으니, 그분들은 두말할 것도 없이 좋은 인연! 또 그분들을 통해서 만난 문단의 선후배와 동료들도 마찬가지로 좋은 인연!

동명이인

동명이인, 말 그대로 이름은 같은데 사람이 다른 경우다. 글을 쓰고 살다 보니, 그 동네 대선배인 고(故) 박상륭 선생과 종종 얽힌다. 동명이인도 아닌데 같은 업계에서 지내다 보니 그러했다.

『죽음의 한 연구』, 『칠조어론』으로 유명한 소설가 박상륭 선생과 내 이름이 비슷하여 종종 우스운 일이 일어난다. 수년 전 시를 청탁받아 어느 신문사에 보냈는데, 박상륭 이름으로 발표되었다. 더욱 우스운 일은 '소설가 박상륭 선생이 시도 발표했네'라는 반응이었다.

소설과 동화를 많이 쓰는 형편과 달리 학교에서는 주 과목이 희곡이고, 실제로 희곡을 발표하다 보니, 박상륭 원작 소설을 각색해 연극으로 올리는데 내 이름으로 나간 경우도 있다. 고등학생 대상

어느 참고서에선 본문은 내 소설을 싣고 저자 약력은 박상륭 선생 것을 실어, 졸지에 난 1963년에 《사상계》로 등단한 전무후무한 '천재 내지 신동'이 되었다. 1963년이면 내가 아직 한글도 모르고 국민학교 갈 생각도 하지 않던 때다. 나중에 그 책을 편집한 어느 대학 훈장이 전화해 백배사죄를 했다.

어느 자리에선가는 나를 박상륭 선생으로 잘못 알고 『죽음의 한 연구』 독자라며 캐나다에서 언제 귀국하셨냐고 묻는 사람도 있었다. 그분에 비하면 난 거의 스무 살 어린, 무척 앳된 사람인데……. 그분은 내 문학 스승 가운데 한 사람인 이문구 선생과 절친한 사이인데, 내가 그렇게 나이들어 보였을까? 지금도 궁금하다.

어느 해엔 후배 소설가가 그분 이름으로 서명해 놓은 책을 출판사 직원이 나한테 또 한 번 보내와, 같은 책이 두 권 될 뻔한 일도 있었다. 나는 이미 받았는데 말이다.

파브르가 곤충이어서 곤충기를 썼을까?

묵은해니 새해니 하는 구분이 무색한 나이가 되었지만, 새해에 받은 질문이 하나 있다.

"선생님은 체험이 부족해 동화와 청소년 소설을 주로 쓰는 거죠?"
"무슨 체험요?"
"아, 거시기한 체험 있잖아요……."
"거시기는 귀신도 모른다는데……."

무얼 물어보는지, 질문자의 의도를 알지만 진지하게 대답했다.

첫째, 체험이 많을수록 그 체험을 바탕으로 글을 쓰면 더 실감이 나는 건 사실이다. 그러나 체험에만 그치면 거의 수기에 가까운 글이 될 우려도 있다. 그래서 두 번째로 남을 관찰하거나 취재한다. 하지만 여기에만 머물면 보고문이나 기록물에 그칠 우려가 있다. 그럼 어떡해야 하나? 타인을 관찰하거나 취재를 한 뒤 자기 체험에 '상상력'을 얹어야 좋은 글이 된다.

파브르가 곤충이어서, 곤충으로서의 체험만 가지고 곤충기를 썼을까? 파브르는 곤충이 아니다. 그래서 관찰을 했다. 그 결과가 『파브르 곤충기』다. 그러나 여기까지다. 상상력을 덧붙이지 않았다. 그래서 『파브르 곤충기』가 소설은 아니다.

내 소설은 꼭 내 체험만을 다루지 않는다. 내 체험에 타인을 관찰하거나 취재한 걸 덧붙인 뒤 상상력을 발휘하여 쓴다. 그런데 질문자가 묻고자 하는 '성애' 장면은 꼭 체험해 봐야만 아는 것일까? 대답하기도 참 거시기하다! 이탈리아의 소설가 움베르토 에코는 "선생님 소설에는 성애 묘사가 없는데 왜 그러죠?"라는 취지의 질문을 받자 이렇게 대답했단다. "아, 그건 묘사하는 것보다 내가 직접 하는 걸 더 좋아하기 때문입니다!"

내 맘대로 정한 글쟁이 등급

본업이 글을 쓰는 일인지라 글쟁이에 대한 이런저런 생각을 늘 한다. 최근에 어떤 '작가와의 대화'에서 참석자들의 물음에 답하느라 내 맘대로 글쟁이를 분류해서 들려주었다.

A급: 자신이 직접 체험한 것이나 주변 사람의 체험을 관찰하거나 취재한 걸 바탕으로 '상상력'을 발휘해 글을 쓰는 사람(자신의 체험+타인의 체험+상상력)

B급: 자신이 직접 체험한 것은 물론, 타인이 체험한 것을 쓸 수 있는 사람(자신의 체험+타인의 체험 ←상상력은 발휘 못 함)

C급: 오로지 자신의 체험만 쓸 수 있는 사람

D급: 자신의 체험도 못 쓰는 사람

이 대답은 내 어떤 작품을 두고 '이성애자라면서 어떻게 동성애자의 심리를 잘 묘사했는지?'라는 질문과 '어른이면서 지금 청소년들의 속 모습을 어떻게 그릴 수 있는지?'라는 물음과 '그 현장에 없었으면서 어떻게 그렇게 실감 나게 묘사했는지?'라는 질문에 대한 답이기도 하다.

"톨스토이가 여자여서 『안나 카레니나』에서 안나의 심리를 잘 묘사했을까요?"라고 대답하는 과정에서, 글을 쓰는 데에 있어 가장 중요한 것은 '체험과 관찰과 공감과 상상력'이더란 말을 했는데, 나는 과연?

문학도 올림픽?

2016년 봄, 소설가 한강이 소설집 『채식주의자』로 맨부커상을 타자 모든 신문과 인터넷이 흥분했다. 물론 나도 축하한다. 한강하고는 일면식도 없지만 그의 아버지인 소설가 한승원 선생은 이런저런 자리에서 늘 뵈었고, 심사도 몇 차례 같이 한 적이 있다. 한승원 선생이 계시는 장흥의 '해산토굴'도 갔고.

그럼에도 문학을 가지고 올림픽이나 국제 스포츠 대회에서 금메달이라도 딴 것처럼 보도하는 행태는 몹시 못마땅하다. 운동도 메달 색깔로 보도하면 안 된다고 생각하는데. 은메달 따고도 금메달 못 땄다고 우는 우리나라 선수. 다른 나라 선수는 동메달 따고도 웃는데.

그 무렵 탄 고속열차 객실 천장에 매달린 텔레비전에서는 한강의 맨부커상 수상을 보도하면서 신한류니 뭐니 하며 요란을 떨었다. 대중문화가 주를 이루었던 한류에 비해 '신'한류는 대중문화뿐만 아니라 순수 문화 영역에서 이루어지고 있다면서 발레, 무용, 피아노 등을 예로 들며 외국 '유명' 악단에도 우리 젊은이들이 많이 들어가 있다고 했다.

백 퍼센트 순수한 물이나 공기 속에선 아무것도 살 수 없는데, 순수니 대중이니 나누는 것도 우습고, 개인이 노력한 일을 자신의 업으로 할 때는 아무런 도움을 주지 않던 국가가 '장하다, 한국 건아!' 하는 꼴이라 더 우습다. 곧 또다시 고속열차 탈 일이 있는데 이른바 '신한류'에 대해 요즘 고속열차의 텔레비전은 또 어떤 소리를 할는지.

하여튼 한강의 수상을 두고 한국문학의 '쾌거'니, 한국문학의 '승리'니 하는 표현들은 자제했으면 좋겠다. 문학에 어찌 등수를 매길 수 있는가? 그리고 외국에서 상을 타야 인정받는 게 문학 행위인가? 내가 보기에 한강의 수상은 신 아무개 소설가의 표절 사태로 곤두박질친 한국문학이 전부가 아니라는 것을 보여준 데 의미가 있다. 상의 의미는 기죽지 말고 계속 열심히 문학 하라는 정도로 받아들이면 좋겠다. 나야 밥상 말고는 '상' 자 붙은 걸 받아본 일이 없는데도 기죽지 않지만.

상은 한국문학이 두터워졌기에 받았다고 생각한다. 한국문학을 두텁게 하기 위해 오늘도 많은 작가들이 골방에서 쓰고 있다. 한강은 그런 작가의 한 사람으로 받은 것이다. 그런데 그런 건 아무도 헤아리지 않고 한강의 소설 『채식주의자』가 얼마나 팔리느냐에 관심을 쏟는다. 모두들 한강의 소설 말고는 안 읽을 태세다. 한 사람의 백만 부보다는 백 명의 만 부가 더 나은 건 불문가지. 그런데 언제까지 이런 쏠림을 감당해야 할지.

노벨'문화상'이 어때서?

2016년도 노벨문학상 수상자가 아메리카합중국 가수 밥 딜런으로 결정되었다. 이를 보니 마침내 노벨문학상이 노벨'문화상'으로 영역을 확장했다는 정도는 알겠다. 그간 철학자도, 정치가도 받았는데 가수가 받는 게 어때서? 이런저런 뒷말이 없게 아예 노벨문화상으로 명칭을 바꾸면 좋겠다는 생각이 들기도 한다.

명색이 작가이다 보니, 요즘 강연이나 강의 때 늘 받는 질문이 노벨문학상에 관한 것이다. 노벨문학상이 목표냐고? 이 대목에서 웃음이 나온다. 허허, 그깟 것이 목표? 얼른 웃음을 거두고, 나는 밥상 잘 받는 게 목표라고 말한다. 나는 '상' 자 붙은 건 밥상 말고는 받아본 적이 없다고 말한다. 신인 때 등단하기 위해 신인상이나 공모상에 응모한 것 말고는. 살아보니 밥상 잘 받는 게 가장 큰 일이

더라! 그런데 대다수 현대인은 밥상을 잘 받지 못한다. 그래서 더 상에 목매다는지 모른다. 내가 '박상률'이 아니라 '밥상률'이었으면 밥상을 더 잘 받았으리라는 생각도 든다.

밥 딜런이라……. 그는 아예 이름에 '밥'이 들어가네. 내 이름에 '상' 자가 붙어 있는데, 문학상을 받으려면 '밥'이 더 유효한 모양이다. 밥상률로 이름을 바꾸면 '밥상'과 '문학상'을 다 잘 받게 될지도 모르겠다는 망상. 그런데 밥상보다 더 좋은 상도 있나? 노벨은 뭔 일을 해서 노벨 상금을 만들었지? 개처럼 벌어서 정승처럼 쓰는 거라고? 개 좀 아무 데나 갖다 붙이지 말자. 개가 짖는다. 멍멍!

시는 노래와 그림으로 나타낼 수 있다. 그런데 노래는 예로부터 '참말'을 뜻했다. 밥 딜런이 그간 참말을 잘 불렀던 모양이지? 참말을 잘 부른 사람은 대한민국에 훨씬 더 많은데. 소설은 이야기다. 그런데 이야기는 본디 '꾸며낸 말'을 뜻한다. 현대 들어 시의 회화성이 도드라졌지만 시의 음악성도 이제쯤 회복해야 할 때이기는 하다. 그러나 노벨상으로 모든 것이 해결되지는 않는다. 상은 그저 격려 차원이지 절대적인 보상 차원이나 길잡이 역할을 하는 것은 아니니까. 노래인 시든 이야기인 소설이든 결국은 진실을 드러내자는 것이다.

이번 노벨상의 진실은 무엇일까. 상을 결정한 사람들도 모르고, 수상자로 결정된 이도 모를 일을 곰곰 생각해 본다. 이 글을 보는 이나, 나를 부르는 이 모두 더이상 내게 노벨상의 진실을 묻지 말기를. 옛 가요풍으로 말하자면, 나는 그런 것 몰라요, 아무것도.

어떤 문학상이든 한 작가의 문학적 업적을 나타내는 지표가 될 수는 없다. 다만 여러 가지가 맞아떨어져 상을 탔다는 것이 신기할 뿐이다. 노벨문학상은 맞아떨어져야 하는 게 더 많다.

아름다운 일을 한 게 없으면서 '아름다운 작가상'을 받았다

생계형 글쟁이가 된 뒤부터 나는 '상'하곤 인연이 없었지만 지난 2018년 10월 말 한국작가회의 소속 '젊은작가포럼(40세 이하)' 작가들이 선배 작가에게 주는 상인 '아름다운 작가상'을 받았다.

수상자가 되었다는 연락을 받았을 때 나는 "아름다운 일을 한 것도 없는데, 후배들이 아름다운 작가상을 준다고요?"라고 물었다. 벌써 후배 작가들이 주는 상을 받을 나이가 되었나 하는 생각이 잠시 스쳤지만, 이 상은 고맙게 받기로 했다. 일단 상금이 없어 잡음이 일어날 소지가 없어서 좋고, 또 내가 좋아하는 선배 작가들이 그간 이 상을 많이 받기도 했지만, 무엇보다도 후배들이 선배에게 준다는 게 좋았기 때문이다.

나는 후배들에게 그다지 좋은 선배가 아닐 터이지만 나는 후배들을 좋아한다. 늘 시간에 쫓기기도 하고 내가 술을 못 마셔서 같이 어울려주지도 못했는데, 후배들이 상을 준다기에 덥석 받고 말았다.

그때 연락자는 시상식 날짜 등을 알려준 뒤 "준비할 것은……"이라고 운을 떼면서 주춤거렸다. 그래서 나는 얼른 "뒤풀이 술값만 준비하면 되죠?"라고 했더니 '수상 소감'도 준비해야 한다고 했다.

중학교까지는 향리의 부모 밑에서 다녔다. 통학길이 시오 리(6킬로미터) 산길인 데다 학교가 멀어서 조금만 아프면 결석을 했다. 그건 그래도 부모의 허락 또는 묵인하에 하는 것이라 그다지 부담이 없었다. 그래서 중학교 때까지는 우등상은 받아도 개근상은 받지 못했다. 도회로 나와 고등학교를 다니면서는 그게 역전이 되었다.

도회의 고등학교에는 이른바 '공부 선수'들이 많아 시골 촌놈은 일단 기가 죽어 우등상 수상 대열에는 낄 수가 없었다. 그렇다면 개근상이라도 받아야겠다는 생각이 들었다. 부모 슬하를 떠나 자취 생활을 하는 형편이라 향리의 부모님께 자식이 학교 빼먹지 않고 날마다 다녔다는 증명을 하는 게 효도라고 생각해 고등학교 삼 년은 하루도 학교를 빠지지 않아 개근상을 탔다.

지금 생각해 보면 어떻게 삼 년 개근상을 탔는지 모르겠다. 연탄불에 밥해 먹고 다니는 처지라 아침에 일어나면 연탄불이 꺼져 있을 때가 많았다. 그런 날엔 굶은 채로 학교에 갔다. 학교에 가야 도시에 집이 있는 급우들이 싸 온 도시락을 얻어먹을 수 있었다. 지금 아이들은 엄마가 해놓은 밥도 '안 처먹고' 학교에 가는데. 그래서 나는 '상' 자 붙은 것 받는 것은 '밥상' 잘 받는 게 최고라고 생각한다.

하여튼 '상' 자 붙은 것은 고등학교 때 받은 개근상이 마지막이었다. 작가가 되기 위해 신인상이나 문학 공모상에 응모한 것 말고는. 문학 동네에서 두른 나이테가 여럿 되고 굵어지면서 다른 작가들에게 상을 주기 위한 심사는 적지 않게 했지만 정작 내가 심사를 거쳐 상을 받다니 꽤 어색했다. 심판이 선수로 뛰는 맛이 이런 것 아닐까?

십수 년 전, 어떤 글에서 상이란 무엇보다도 받는 사람이 기꺼이 받고 싶어야 하는 것이라 적은 일이 있다. '아름다운 작가상'은 기꺼이 받아도 괜찮은 상이라고 생각하여 망설이지 않았다.

어른을 독자로 상정한 시와 희곡을 쓰며 문단에 데뷔했지만 내 주 종목은 '청소년 문학'이어서 상하곤 거리가 멀다. 청소년 문학은 동화도 아니고 일반 소설도 아니어서 양쪽에서 다 외면한다. 아동 문학계에선 "이 사람은 일반 문학으로 등단했잖아, 동화는 등단도 하지 않았잖아"라고 했다.

우리나라 문학계는 '등단'이 '증'이 되는 사회다. 내 '증'은 성인 문학(성인 문학? 좀 이상한 어감……. 일반 문학!)이지만 그쪽에선 '이 사람 책 목록을 보니 주로 어린이와 청소년을 독자로 하는 글을 쓰는구먼' 하면서 제쳤다. 물론 양쪽에서 다 인정할 만큼 작품을 뛰어나게 쓰지 못한 내 잘못이 더 크겠지만.

그래서 아마 젊은 작가들이 '측은'한 마음으로 작품성과는 상관없이 상을 주기로 한 것 같다. 나이가 들어도 문학적 성취로 인정받지 못하는 것이 안타까워 보여서……. 어려서 늘 듣던 '상놈은 나이가 양반이다'라는 대목이 떠오른다.

길고 긴 짝사랑

오래전 문학 지망생인 제자 하나가 불쑥 이런 말을 했다.

"선생님, 올해도 그냥 이렇게 넘어가네요. 이러다가 문학이 영원한 짝사랑으로 끝나면 어쩌죠?"

나는 제자의 눈을 물끄러미 쳐다보다 혼자 이렇게 중얼거렸다.

"어쩌면 짝사랑할 때가 더 행복한지도 몰라. 막상 그 사랑이 이루어지면 사랑했기에 피할 수 없는 아픔이 많이 기다리고 있을지도 모르니까."

벌써 여러 해째 작가를 꿈꾸며 각종 문예지와 신춘문예의 공모에 응했다가 쓴잔을 마신 제자 처지를 아는지라 그 순간 달리 할 말이 없었다. 그래서 이렇게 말한 것인데, 말을 해놓고 보니까 나 스스로도 고개가 끄덕여졌다.

나 자신을 돌이켜보면 문학청년이던 시절이 지금보다 더 행복했다. 그때는 오로지 쓰고 싶다는 그 열망 하나로 며칠씩 밤을 하얗게 새웠다. 이 글을 쓰면 밥이 되는지 책이 되는지 그런 건 알 바가 아니었다.

그런데 지금은? 지금도 물론 쓰고 싶어서 쓰는 글도 있지만 그보다는 이런저런 청탁 때문에 쓰게 되는 글이 더 많다. 그래서 글을 쓰면서 심적 압박을 많이 받는다. 특히 계약해 놓은 작품집 원고가 제때 끝마쳐지지 않아 편집자의 독촉을 받을 때의 고통은 이루 말할 수 없다.

그러나 문학 지망생 처지에선 나중의 고통은 알 바 아니고 우선은 등단하고 싶어 한다. 그래서 해마다 신춘문예 마감이 있는 연말이 되면 한바탕 열병을 앓고 결과가 안 좋으면 문학이 짝사랑으로 끝날까 봐 애를 태우는 것이다.

물론 남녀 간의 사랑에 있어서는 짝사랑 기간이 너무 길면 상사병이 날지도 모르니까 문제가 될 수도 있다. 그러나 문학을 하는 데에 있어선 짝사랑 기간이 길면 길수록 좋다고 생각한다. 문학이라는 애인을 차지하기 위해서 이 옷을 입어보기도 하고 저 옷을 입어보기도 하고, 아예 옷을 벗어보기도 하는 기간이 길어야 나중에 문학 때문에 상처를 덜 받게 되기 때문이다.

자기가 가진 것을 다 들춰 내보이면 문학이라는 애인이 아무리 도도하더라도 결국은 손을 내민다. '당신 그 정도면 나랑 함께할 수 있겠소'라고 하면서 말이다.

어쩌다 한두 편의 작품을 썼는데 그만 공모에서 덜컥 당선을 하는 사람이 있다. 그런 사람은 나중에 결국 애인에게서 버림받고 만다. '당신 첫눈에 볼 때는 매력 만점인 것 같더니 세월이 갈수록 별 볼 일이 없구먼'이라는 말과 함께. 뭔가 더 보여줄 것이 없으니 그럴 만도 하다. 문학이라는 애인은 현실의 애인보다 더 냉정하고 더 까다롭기 때문이다.

신춘문예 공모가 끝나고 희비가 엇갈렸다. 그러나 문학에 대한 사랑이 영원하려면 짝사랑을 길게 하는 게 최고다. 쓴잔을 마신 분들, 좌절하지 말고 다시 짝사랑할 태세를 갖추기를.

다시 봄날,
웃고 있어도 눈물이 난다

가수 조용필이 부른 〈그 겨울의 찻집〉이라는 노래 가사 "아아~ 웃고 있어도 눈물이 난다". 원래 노랫말은 남녀의 사랑과 헤어짐을 나타내는 것이지만 시고 노래고 수용자가 자기의 처지를 대입하여 받아들이게 되는 법. 나는 지난 수년 동안 그 노랫말이 내 심정과 처지를 기가 막히게 표현하고 있다고 느끼며 살았다.

글을 쓰는 글쟁이가 자신을 위로하는 글을 못 쓰고 자신을 위로하는 노랫말을 가요에서 찾아 위로받는 묘한 상황이라니. 최근 어떤 강의 때, 나보다 나이가 훨씬 많은 수강생이 "결핍이 많은 사람들이 글을 쓴다는데, 선생님은 결핍이 없어 보이는데 그렇게 많은 글을 어떻게 썼는지 궁금합니다"라고 물었다. 나는 웃으며, "나는 조용필의 노래 〈그 겨울의 찻집〉 가운데에서 특히 '웃고 있어도 눈물이 난다'라는 가사를 좋아합니다"라고 대답했다. "결핍이 없어 보여도, 예순 평생 고통과 상처와 아픔이 많았다"고만 대답했다.

프랑스 시인 랭보는 "상처 없는 영혼이 어디 있으랴"라고 노래했지만 내 상처를 구체적으로 말하기는 좀 그러했다. 덧붙여 괴테는 "작가의 모든 작품은 작가의 자서전일 따름이다"라고 말했는데 나도 그 말에 공감한다고만 대답했다.

어렸을 때 할머니는 늘 "우리는 배곯아 죽어도 남들은 배 터져 죽었다고" 할 것이라고 말씀하셨다. 남들은 겉모습만 보고 판단한다는 말씀이다. 문학 지망생들이나 출판계 사람들은 나를 두고 '책도 많이 내고 적지 않게 팔렸으며 겉모습도 편안해 보이니 아무 걱정거리가 없을 거라고' 짐작한다. 그때마다 내가 돌려주는 말은 조용필의 노래 '웃고 있어도 눈물이 난다'.

남도 여기저기서 봄꽃 소식을 알려준다. 해마다 피는 꽃이지만 때마다 감회가 새롭다. 나이가 들자 내년에도 또 그 꽃 소식을 들을 수 있을지 모르겠다는 생각이 든다. 이렇게 말하면 청승 떨지 말라며 밉지 않은 지청구를 하는 이가 있다. 하지만 해마다 연말에 유서를 쓰는 사람 처지에서 보면 청승이 아니다. 지난 한두 해 동안 내 주변의 많은 사람들이 거주지를 다른 세상으로 옮겼으니 말이다. 지인들의 부모님이야 그렇다 치고, 친하게 지내던 또래 글벗들도 이 땅에서 적지 않게 사라졌다.

4장

소란한 밤을 끌어안다

나의 발밑부터 돌아보라

불가에서는 인간 세상을 고해(苦海)라 하지만 요즘 같으면 고해가 아니라 사해(死海)다. 지금 세상은 고통의 바다 정도가 아니라 죽음의 바다인 것이다. 그래서 요즘은 아침에 일어나 신문을 펼쳐 보기가 겁이 난다.

연일 신문의 지면과 텔레비전의 화면을 차지하는 온갖 기기묘묘한 잔혹극과 생명 파괴 드라마! 지금 우리 사회의 곳곳에선 썩어 문드러진 일들이 불거지고 있다. 사람 목숨 보전하기가 파리 목숨 보전하기보다 힘들고, 나라 살림에 온 신경을 써야 할 위정자들이 고양이에게 생선가게 맡긴 격으로 오히려 나라의 곳간을 다 축내버리기도 한다. 이 나라에 도덕과 윤리가 어디 있고 법이 어디 있다 하겠는가! 그래서 입 달린 사람은 모두 세상이 말세라고 혀를 끌끌 찬다.

어쩌다 이 지경까지 이르렀는가? 연일 신문과 방송에선 말깨나 하는 사람들의 입을 빌려 온갖 처방전을 내놓는다. 그러나 어느 것 하나 신통한 처방은 없다. 왜? 왜 내로라하는 사람들의 머리에서 시원한 해결책 하나 나오지 않는가? 그건 모두들 자기 처지에서만 세상을 보고, 내 탓이 아닌 남의 탓만을 하고 있기 때문이다.

옛날, 어느 막가파의 납치 살인 사건이 일어나자 어떤 사람은 우리 사회는 자기만 열심히 살면 먹고사는 데 지장이 전혀 없는 사회라고 했다. 뭣 때문에 고급 승용차족, 야타족, 오렌지족, 러브호텔족 등을 털어서 먹고살려 했는지 모르겠다며 미친놈들이 주제넘은 짓을 했다는 투다. 심지어는 내 돈 내가 쓰는데 무슨 잘못이냐며, 돈 많은 것이 죄가 되는 세상에서 억울해서 못살겠다고 핏대를 올렸다.

국민의 세금을 위정자 개인의 욕망을 채우는 데 쓰고도 아무런 양심의 가책 없는 인간들. 되레 자신이 그런 자리에 있는 게 자랑스럽고 자기가 그러는 건 당연한 일일 뿐이다.

말로는 개혁이고, 사정이고, 부정부패 척결이고, 공정 사회 건설이고, 치안 확립이다. 그러나 그 대상이 되는 것은 모두 남이고 자신은 전혀 그 대상이 되지 않는 것이다. 사회가 이렇게 된 것은 모두 남의 탓이지 내 탓이 아니라는 것이다. 범죄를 저지른 사람들은 원래부터 나쁜 사람들이라서 그랬을 거라는 것이다. 그러나 정말 그렇기만 한가? 막가파들이 하늘에서 갑자기 뚝 떨어진 것이 아니다. 비리 공무원이나 위정자가 바다에서 갑자기 솟아오른 것이 아니다. 살인자든 부패 벼슬아치든 모두 우리 사회의 구성원이며 이 땅의 자식들이며 한 가정의 가장들이기도 했다.

그렇다면 우리 사회가 그런 범법자들을 만들어낼 수밖에 없는 구조를 지녔다는 얘기가 된다. 우리 사회가 그런 범법자가 태어날 수밖에 없는 환경이라면 장기적으로는 사회 구조가 올바른 방향으로 바뀌어가야 한다. 그러기 위해 우선은 책임질 사람 책임지고 뜯어고칠 것은 뜯어고쳐야 한다. 그와 동시에 사회 전체를 통한 도덕성 회복과 정신 혁명이 이루어져야 한다. 그러나 이는 요원한 일인 것 같다. 높은 자리에 있는 자들과 가진 자들이 악행을 저지르고 있으니.

지금 우리가 운용하는 자본주의 경제 체제는 여러 장점을 지니고 있다. 그럼에도 동시에 일부 계층에 의한 부의 독점과 부정부패의 씨앗을 항상 내재하고 있다. 사실 가진 자는 점점 더 가지게 되고 없는 자는 점점 더 가난하게 되는 것이 현실이다. 그리고 한번 돈맛을 본 자는 부정을 저질러서라도 돈을 더 가져야겠다는 탐심을 지니기도 한다. 그래서 일부 부자나 기업가들은 관료와 결탁해서 부정부패를 일삼기도 하는 것이다.

왜 그런가? 자본주의는 기본적으로 인간의 이기심을 바탕으로 하여 운용하는 제도이기 때문이다. 그래서 그 이기심이 제동 장치 없이 끝없이 발산될 때 부패 벼슬아치와 천박한 졸부들이 생긴다. 거기에 맞춰 부정한 돈은 필연적으로 퇴폐와 향락으로 이어지게 된다. 그래서 사회는 병들고 타락해 버리는 것이다.

그 병들고 타락하는 과정에서 소외 계층의 분노가 엉뚱한 방향으로 터지면 오래전에 사회를 떠들썩하게 한 지존파 같은 막가파들의 극한적인 살인 집단이 나오게 되는 것이다.

눈에 보이는 것은 물론 눈에 보이지 않는 것까지 깨끗해지기 위해서는 근본적으로 더불어 함께 사는 사회를 만들어내야 한다. 전통적인 농촌 공동체가 무너지고 산업 사회로 심화하면서 우리의 가치관은 모두 혼란에 빠지고 말았다. 우리는 새로운 형태를 지닌 공동체적인 삶의 정신을 일으켜 세워야 한다. 그래야 혼자서만 잘산다고 뻐기지 않고, 남 잘사는 꼴 보고 배 아파하지 않고, 나쁜 손버릇으로 슬쩍하지도 않게 된다.

아무튼 이제는 우리 모두가 짊어져야 할 공동의 업에 대해서 생각해 보아야 할 때인 것이다. 어떤 사람이 그렇게 된 것은 무조건 그 사람 자신만의 탓은 아니다. 어쩌면 먼 과거로부터 이어져 내려오는 전생과 지금의 현실적인 삶 속에서 우리 모두로 인해 생긴 업인지도 모른다. 그 사람의 업장을 소멸하기 위해선 우리 모두가 나서서 선근공덕을 쌓아야 한다. 그것만이 총체적 위기에 빠진 사회를 다시 건져내는 길이 될 것이다. 죄지은 사람만의 책임으로 모든 것을 돌려놓고 나 몰라라 할 것이 아니라 우리 모두 참회의 등불을 밝히며 자신의 발밑부터 돌아봐야 할 때다.

착한 일도 하지 말라 했거늘

이 땅에 나서 늙어가지만 요즘처럼 무기력하게 맥이 빠져 살맛이 안 나는 경우는 일찍이 없었다. 유신 시대, 광주 5·18, 군부 독재 시대 등도 다 힘들었지만 그런 때보다 요즘이 훨씬 더 절망적이다. 그때는 싸워야 할 대상이 확실하게 '나쁜' 축에 드는 것이라 이런저런 혼란을 겪을 필요가 없었다. 그런데 지금은 나쁜 일조차도 좋은 일로 둔갑하여 대중의 눈을 어지럽히고 있으니 기가 막힐 뿐이다.

신라 때 이야기다. 어느 날 설총이 아버지인 원효 스님을 찾아갔단다. 다들 원효의 수행 경지를 높이 사고 있어 자식인 자기에게도 뭔가 한 말씀 해주었으면 하는 마음에서였으리라.

아버지를 만난 아들이 다짜고짜 물었다.

설총 : (심각하게) 어떻게 살아야 잘 사는 것입니까?

원효 : (심드렁하게) 착한 일을 하지 말고 살도록 해라.

설총 : (어이없어) 뭐라고요? 착한 일을 하지 말고 살라고요? 그럼 일부러 나쁜 일을 찾아 하면서 살아야 하는지요?

원효 : (눈을 지그시 감은 뒤) 쯧쯧, 착한 일도 하지 말라 했거늘, 하물며 나쁜 일을 해서야 되겠느냐?

설총은 방망이로 뒤통수를 한 대 맞은 기분이 들었으리라.

그렇다. 불가에선 무슨 일에서든 분별심을 내지 말고, 이거니 저거니 가르지 말라 한다. 상대적인 가름은 시시비비를 낳는다. 게다가 옳고 그름의 자리가 시간의 흐름에 따라 바뀌기도 한다. 그러기에 남에게 뭔가를 베풀면서도 베푼다는 마음조차 없어야 진정한 보시가 된다고 한다. 그렇지 않으면 자신이 좋은 일을 하고 있다는 자만심에 빠지고 말기 때문이다.

작금의 위정자들은 저마다 좋은 일을 하고 있다고 선전을 대단히 한다. 내가 좋은 일을 하고 있는데 왜 시비냐고 눈을 흘긴다. 눈을 흘기는 정도가 아니라 온갖 수단을 다 끌어들여 반대자들을 옭아맨다. 아예 드러내놓고 반대자들을 탄압했던 전 시대의 독재자들보다 더하면 더했지 조금도 덜하지 않다.

특히 과거 4대강 '살리기' 사업을 보라. 애초에 흐르는 그대로 가만두었으면 시시비비가 일어날 게 아무것도 없는 일이었다. 그러나 나라의 권력을 새로 차지한 위정자들이 권력을 잡자마자 자신의 생각이 옳고 좋다고 윽박지르며 세상을 시끄럽게 한 셈이다. 천박하기 짝이 없는 자신들의 소신을 밀어붙이기 위해 평지풍파를 일으킨 것이다. 강은 몇천 년, 아니 몇만 년을 그 자리에서 그렇게 살아 흐르며 가장 자연스러운 모습을 보여주었다. 그런데 새삼 강을 살리겠다니.

4대강 사업을 추진하는 위정자들은 그 사업이 착한 일이라 강변했고, 대다수 국민들은 그 사업이 나쁜 일이라고 지적했다. 그런데도 힘있는 자들은 꿈쩍도 않고 강을 상하게 했다. 그들에게는 자신들이 하고 있는 착한 일을 반대하는 국민들이 어리석어 보였다. 나중에 사업을 다 마쳤을 때는 반대자들도 다 잘했다고 박수 치리라 생각했을 것이다.

원효가 아들 설총에게 착한 일을 하지 말고 살라 한 깊은 속내는 여기서도 짚인다. 착한 일 나쁜 일의 경계도 불분명하고(4대강처럼 오랜 세월 형성된 자연은 그 자체로 옳고 그름의 시빗거리가 되지도 않지만), 착한 일이라고 생각하는 사람들의 탐심이 얼마나 어처구니없는 것인지도 알 수 있기 때문이다.

착한 일일지라도 하지 말아야 하거늘, 나쁜 일을 밀어붙이는 심보는 과연 무엇일까? 자연은 이미 '스스로 그러한' 것이기에 애당초 시시비비의 분별심을 갖다 붙일 필요도 없다. 그런데 억지 분별심에 사로잡혀 뭇 생명의 터전인 강의 몸통을 훼손하는 일을 두고 이 시대를 사는 우리는 무얼 해야 하는가?

인간방생

요즘에는 굳이 때를 가리지 않지만 불가에서는 대개 음력 삼월 삼짇날이나 사월 초파일, 팔월 보름 무렵이면 물고기를 강이나 바다에 다시 풀어주는 방생 법회라는 것을 한다.

원래 방생의 의미는 아무리 하찮은 미물이라도 그 생명을 귀하게 여기는 간절한 마음에서 나온 것이다. 그런데 요즘의 방생 법회라는 것을 보면 뭇 생명에 대한 간절한 마음보다는 그저 불가의 오랜 전통으로 굳어진 형식적인 행사라는 생각이 든다. 물론 다 그런 것은 아니겠지만 방생의 의미를 깊이 따져보기보단 대절 버스를 타고 소풍을 가는 가벼운 기분으로 법회에 참여하는 불자들이 많은 것이 사실이다.

결과적으로 다시 물로 돌아가게 된 물고기는 그나마 다행이겠지만 처음부터 잡지 않았더라면 얼마나 더 좋았겠는가! 인간이 잡은 물고기 중 물로 다시 돌아가는 행운을 안은 것은 그야말로 몇만 분의 일도 안 될 것이고, 그나마 돌아간 물고기들도 언제 다시 잡혀 올지 모른다.

그런데 물고기는 그렇다 치고 그 물고기를 애써 자비로운 마음으로 풀어주는 형식적인 일이라도 하는 인간들 자신의 상황은 어떠한가? 함부로 휘두르는 정치권력의 칼, 부패한 관료의 검은 손, 퇴폐의 늪에서 허우적거리는 거리, 애써 방생한 물고기조차도 살 수 없는 강, 콧구멍 뼛속까지 뚫리는 공장의 작업 환경, 한 뼘의 땅이라도 더 차지하려는 졸부들의 뻔뻔스러운 낯바닥 등 실로 반인간적이며 반생명적인 것들이 우리를 노리고 있는 시대다.

우리나라의 정치·사회적 상황은 너무나 많은 혼란과 격변기를 거쳐왔고 지금도 겪고 있다. 그런데 그럴 때마다 수많은 사람들이 어떠한 이유로든 시대 상황의 희생물이 되었다. 잡혀가고 쫓겨나고 죽고 도망 다니고……. 그렇지만 억압이 너무나 심한 탓에 용기 있는 몇몇 사람을 제외한 대부분의 사람들은 죽어지내게 되어 일반인들이 그런 처사에 소극적이나마 의사 표시를 한다는 것은 감히 엄두도 못 낼 일이었다.

특히나 불가는 시대가 바뀔 때마다 정권의 희생물이 되면서도 오히려 그 정권에 일방적인 짝사랑을 보냈다. 그러다 보니 고통받는 대부분의 중생 편에 서기보다는 일부 권력자의 비위를 맞추거나 사소한 것까지 권력층의 눈치를 보아가며 처신하게 되었다. 그럴수록 권력자들은 불교를 자기네들의 권력 강화와 통치 수단으로 적당히 이용했고 그러한 상태가 늘 반복되자 불자들은 다른 종교의 신자와 비교해 볼 때 엄청나게 업신여김당하고 무시당하기까지 했다. 불교는 적당히 대하고 이용해도 찍소리하지 못하는 종교라고. 멀리도 갈 것 없이 최근 어떤 정치 무리 우두머리의 행태나 이 머시기 씨가 청와대에 입주해 있을 때인 2010년에 벌어진 봉은사 주지 사태 같은 것만 봐도 알 수 있다.

그렇지만 권력자가 불자들을 어떻게 대하든 그러한 태도는 결국 우리들 자신의 자업자득인지도 모른다. 사람이 죽고 다치고 하면서 사회가 들들 끓어도 불교계에서는 폭력에 대하여 항의 한마디 하지 않고 그저 개인 수행이나 개인 기복에만 매달려왔던 게 사실이다.

그동안 어찌하였든 이제는 좀 더 넓은 의미의 방생, 즉 '인간방생'에 관심을 가져야 할 때이다. 물고기 몇 마리 풀어주면서 미물들에게까지 대단한 자비를 베풀어주었다는 자기 위안적 자족감에서 나아가 이제는 인간과 인간 생명의 존엄성에까지 관심을 넓혀야 한다.

오늘의 불자들은 무엇보다도 우선 우리가 살고 있는 이 시대의 가장 반인간적인 것들, 즉 생명을 가볍게 여기는 모든 억압들로부터 인간을 풀어내는 일을 해야 한다.

그동안 불가에서는 세상이 어떻게 돌아가든 자기 몸 하나 자기 가족 하나 편안하면 그만이지 하면서 다 남의 일이려니 하고 말았던 게 어느 정도는 사실이었다. 그런데 그게 어디 다 남의 일이던가! 거기에다가 늘 호국 불교니 뭐니 하면서도 나라 전체의 평안을 구한다는 대의명분 아래, 사회에도 격앙된 목소리 한번 높이지 않았다. 진정한 '호국'을 외면하고 오히려 정권을 비호하는 '호권' 불교로 떨어지고 말았던 것이다.

먼 옛날의 얘기가 아니다. 1980~1990년대에도 벌어진 일이다. 젊은이들이 밀실에서 고문당해 죽고 거리에서 경찰의 쇠파이프에 맞아 죽고 공장에서 유독가스에 서서히 흐물흐물 죽어가도 정말 우직하리만치 외면한 채 목탁이나 치면서 나라를 위한 백일기도니 국태민안이니 하며 산중에서 한 발짝도 밖으로 나오려 하지 않았다.

그런데 정말로 나라를 위하고 국태민안케 하는 호국은 산속에 들어앉아 목탁이나 치고 염불이나 한다고 되는 일이 아니다. 중생이 고통받으면 같이 괴로워하며 그 고통의 멍에를 벗어나게 해주려는 보살 정신의 적극적 실천이 있어야 한다. 특히 정치·경제·사회적으로 힘있는 자들의 횡포에 희생당하며 생명을 걸고 살아야 하거나 생명을 빼앗길 수밖에 없는 뭇 중생들의 신음에 귀 기울여야 한다.

초기 경전을 보면 금방 알 수 있듯이 부처님은 언제나 고통받는 중생의 편에 섰고 불합리한 사회 제도에 적극적으로 대처했다. 그렇다면 이 시대, 격동의 시대를 사는 우리들, 최소한 불자들만이라도 핍박받는 중생들의 편에 서서 방생의 참의미를 실현할 수 있어야 함은 너무나 당연한 의무요, 종교적 실천 덕목이다.

오늘날 진정한 방생은 물고기 몇 마리 풀어주고 나서 마음을 위안받는 것이 아니라, 얽히고설킨 고통의 인연 줄과 생명을 경시하는 억압의 현실로부터 마침내 인간과 인간 생명의 존엄성을 회복하는 일이다. 따라서 이제는 기복 차원으로의 단순화된 행사가 아니라 사회 운동으로의 불교 운동, 즉 인간방생이 필요한 때다.

그러한 까닭에 '중생이 괴로운데 내 어찌 혼자서만 성불의 길에 들어갈 수 있으랴'라고 한 불가의 가르침은 오늘날 더욱 그 의미를 깊이 새겨봐야 하는 귀중한 외침으로 다가온다.

다시 동심이다

세상이 어수선하다. 여러 종교에서 말하는 말법과 말세의 시대가 와버린 것 같다. 말법과 말세의 시대는 무엇보다 바른말이 통하지 않는 세상이다. 최소한 내세울 만한 이유도 명분도 없는, 아메리카합중국의 대통령이었던 부시나 트럼프로 대표되는 미국의 패권주의적이고 제국주의적인 행태를 보라. 저 어거지 떼들! 그들이 바른말을 듣는가? 그들이 바른말을 하는가?

그들은 종교를 내세우고, 평화를 내세우고, 해방을 내세우고, 국익을 내세웠다. 대다수 사람들은 그들이 내세운 말들을 곧이곧대로 믿는다. 그리고 안방에 앉아서 방송에서 생생하게 보여주는 살인 오락을 즐긴다. 사람들은 세상에서 가장 편안한 자세로 향긋한 차나 시원한 음료를 마시며 일상의 하나로 전쟁 방송을 본다. 죽어

가는 이들의 모습에서 동정이나 연민을 느끼기보다는 가해자의 논리가 절대 진리인 양 믿으며 악이 박멸되어 가는 걸 시원해한다. 그러나, 팔다리가 잘려 나뒹구는 아이의 모습에서 악의 모습이 눈곱만큼이라도 그려지기나 하는가?

아메리카합중국이 애써 가치라고 내세우고 있는 여러 말들에서 가증스러움만이 묻어날 뿐이다. 어느 말 하나 진실하지 않고, 거짓이 담겨 있는 말이기 때문이다.

더욱 가증스럽게도 그들은 고뇌하는 표정을 지으며 신앙인으로서 아주 어려운 일을 수행하는 척한다. 그러면서 자기의 신앙 체계와 다른 신앙 체계 속에 사는 이들은 거의 악마나 사탄으로 미리 규정해 버린다. 세상은 그렇게 단순하지 않다. 선 아니면 악이고, 나 아니면 남이고, 우리 아니면 적이라고 할 수 있는 게 아니다.

어쩌면 그들 자신의 개인적인 방종이나 일탈에 대한 반작용으로 더욱 경건한 신앙인인 척하는지 모르겠다. 사람은 자신의 내부에 억압된 잠재의식 속 열등감을 해소하기 위해 지나치게 과격해질 수 있는 동물이기도 하다. 역사 속의 독재자 대부분은 남모르는 열등의식을 가지고 있어 그토록 남을 억누르고 못살게 괴롭힌다는 분석도 있지 않은가.

물론 그들은 경건한 신앙인이 아니다. 단지 맹신주의자일 뿐이다. 자신의 개인적 체험을 스스로 다스리지 못해 자신의 잘못된 신념을 정당화할 희생양을 찾고 자신과 이익을 같이하는 업자들의 이익을 더 높여주기 위해 전쟁도 마다하지 않는, 지극히 깡패적인 인간일 뿐이다.

세계 모든 나라의 군사 비용을 합한 것보다도 훨씬 더 많은 군사 비용을 쓰는 나라가 아메리카합중국이다. 더구나 군수 산업이 있어 경제가 더 잘 돌아가는 나라다. 묵은 무기를 써버리거나 다른 나라에 팔아넘기고 새 무기를 생산해야 군수 산업은 돌아간다. 그 틈을 타 새 무기의 성능도 함께 시험해 보아야 하지 않겠는가? 이리하여 아메리카합중국은 이성도 논리도 인권도 다 무시하고 오로지 억지밖에 부릴 줄 모르는 나라가 되고 말았다. 물론 그 나라에도 양심이 제대로 박힌 인간은 있다. 그러나 그들이 제 목소리를 내기엔 그 나라의 여건이 너무나 좋지 않다.

히틀러 시대의 독일을 떠올려보라. 대다수 독일인들이 히틀러에 환호하지 않았는가. 사람들은 다 같이 미치기를 좋아한다. 무리 속에 있을 때는 전체의 모습이 바로 자기의 모습이 되어버리기 때문이다. 그래서 밖에서 끊임없이 자극을 주어야 한다. 한꺼번에 미치지 말라고!

이제쯤 사람의 첫 마음을 떠올린다. 사람의 첫 마음이 무엇인가? 바로 동심 아닌가? 동심은 바른말을 할 줄 알고 바른말을 들을 줄 아는 마음이다. 이 어수선한 세상 '첫 마음으로 사는 어른' 운동이 세계적으로 일었으면 한다. 첫 마음은 인간성이 훼손되지 않은 마음이기 때문이다. 부시와 트럼프로 상징되는 깡패적 인간들은 인간을 인간으로 볼 수 있는 능력을 잃어버린 사람들이다. 그들도 언젠가는 첫 마음을 다시 찾았으면 좋겠다. 그리하여 제발이지 이 지구

상에서 더이상 혐오하고 파괴하는 일이 없었으면 한다.

악마의 추종자들이여, 그대들도 누군가의 아이였던 적이 있지 않은가? 그렇다면 아이들에게 다시는 전쟁 체험만은 하게 하지 말자!

〈진도아리랑〉 사설로 풀어보는 세상

내 고향 진도에 예부터 내려오는 노래 대부분은 매우 해학적이며 반어적이다. 특히 〈진도아리랑〉 사설은 시집살이의 고단함, 부부 관계, 세상사 문제, 청춘 남녀의 애정 관계, 농사일의 지겨움 등의 아슬아슬한 노랫말을 담고 있지만 저속하거나 거칠다거나 반도덕적이라는 느낌은 전혀 없고 오히려 해학적이며 반어적이다. 묘지에서 부르는 달구질 노래 같은 건 차라리 흥겨움이다. 씻김굿할 때 부르는 무가나 상여 나갈 때 부르는 만가 소리도 슬프긴 하지만 아주 구슬프지만도 않다. 강강술래는 아예 춤곡이다. 강강술래의 사설과 춤을 익히면 저절로 인문, 역사, 지리 같은 걸 어렴풋하게나마 꿰뚫게 되기도 한다.

내가 글쟁이로 나설 때 첫 시집의 제목을 아예 『진도아리랑』이라

할 만치 나는 고향 진도의 풍물과 삶을 사랑한다. 그도 그럴 것이, 내 글쓰기의 바탕이나 뼈대의 대부분은 어렸을 때 고향 진도에서 직간접적으로 체득한 것들이기 때문이다. 이런 나를 두고 출판계 사람들은 고향을 파먹고 사는 작가라고 한다. 더러는 고향을 팔아먹고 사는 작가라고 하기도 하고. 어떤 소리를 듣든 나는 굳건하다. 환갑 진갑이 다 지났지만 아직도 파먹을 것이 많고, 팔아먹을 것이 많기 때문이다. 우리 세대가 가고 나면 진도에 내려온 풍습을 원체험한 사람이 없을 것이라 생각하니 마음이 더 급하다.

그런 차원에서 요즘은 '개장수'를 하고 있다. 개장수를 하고 있다고 말한 것은 동화나 청소년 소설, 강연에서 주로 진돗개를 다루기 때문이다. 요즘 진돗개는 본성대로 자연을 누비면서도 가족 구성원으로 대접받던 모습이 아니라 훈련되거나 애완용 개의 모습에 더 가깝다. 그게 아쉬워 개장수를 하고 있는 것이다. 진돗개 견생(犬生)의 본디 모습을 보여주고 싶어서. 각설하고, 이 자리에서는 〈진도아리랑〉의 사설을 요즘 시국이나 세상 돌아가는 모습에 비춰볼까 싶다. 먼저 일본 제국주의 강점시대에 불린 사설 하나.

> 말깨나 하는 놈은 죄다 가막소에 가고요
> 얼굴깨나 반반한 년 죄다 술집에 있더라

일제 강점 기간보다 배가 더 되는 세월이 흘렀지만 여전히 대한민국은 일제의 망령에 사로잡혀 있다. 요즘, 일본의 이해를 대변하는 사람이라 해도 손색이 없을 정도인 친일파 인사들이 얼마나 많은가. 정계, 학계, 재계 할 것 없이 고루 분포하고 있는 신친일파들을 보라. 위안부, 독도, 수출입 관계 등에서 귀가 의심스러울 정도로 일본을 편들고 있는 종자들.

일제 강점기에도 올바른 생각을 토해 낸 사내들은 가막소(감옥)에 가고, 정신대에 끌려가지 않기 위해 술집으로 간 여자들은 또 얼마나 많았는지 〈진도아리랑〉 사설을 보면 알 수 있다. 결혼할 처지도 못 된 처녀들. 그들은 오로지 일제 처녀 공출을 피해 술집으로 가지 않을 수 없었으리라.

삼십여 년 전 할머니가 돌아가셨을 때 우리 집에 와서 씻김굿을 했던 고(故) 채정례 단골의 말에 따르면 '여자들 데려다가 신체검사하고 처녀들 가죽 벗겨서 공출한다고 헌께' 서둘러 시집을 갔단다. 또 일본 제국의 하수인이었던 민간 업자들의 감언이설과 말단 관리들의 협박에 못 이겨 위안부 또는 정신대가 되었단다. 다음 사설에서 보듯이 일제의 착취는 아예 내놓고 이루어졌으니.

> 물 좋고 산 좋은 데는 일본놈이 살고
> 논 좋고 밭 좋은 데는 신작로 난다

몇 해 전, 청와대 입주자였던 박 아무개 대통령의 탄핵이 결정되었다는 소식을 들었을 땐 다음 대목이 입안에서 맴돌았다. 좋은 시나 노래 가사는 본래의 의도와 상관없이 여러 가지로 해석할 수 있으니 그랬던 모양.

가노란다 나 돌아간다
저 잡년 따라서 내가 돌아간다
(아리 아리랑 서리 서리랑 아라리가 났네 에에~
아~리랑 응, 응, 응 아라리가 났네~)

그가 사저로 돌아갈 때 누가 따라갈는지 궁금했다. 그간 그를 옹호했거나 추종했거나 이용했던 이들이 가지 않을까, 순진한 생각을 했다. 그런데 끈 떨어진 갓이 되니 대부분이 외면하더라.

2019년 초, 아메리카합중국의 트럼프 대통령과 조선민주주의인민공화국의 김정은 위원장 간의 하노이 회담이 합의문 없이 끝났다. 그때 '통 큰' 합의가 없어서 모두들 아쉬워했다. 다들 종전 선언을 할 줄 알았다면서. 그때 또 〈진도아리랑〉의 사설이 떠올랐다.

물속에 노는 고기 잡힐 듯해도 못 잡고
저 처녀 마음도 알 듯 말 듯 못 잡겠네

이 사설에선 협상 당사자가 서로의 속내를 서로 잘 헤아리지 못한 것 같았고,

명사십리 해당화야 잎 진다고 설워 마라

명년 춘삼월이면 또 피어날 텐께

이 대목에선 한 번 결렬되었다고 징징 짤 일은 아니라는 게 느껴졌고,

야산 중턱에 핀 진달래꽃은
한 송이만 피어도 따라서 피어난다

일단 만나서 이런저런 얘기를 했을 터이니 앞으로 다른 문제도 곧 해결되겠지, 하는 바람이 생겼다.

종달새 울면 봄 온 줄 알고
하모니카 소리 나면 님 온 줄 안다

종달새도 울고, 하모니카 소리도 나니 한반도에 평화가 오긴 온다고 믿었다.

바람은 불수록 물결을 치지만
님은 볼수록 정이 든다

나아가 서로 자주 만나다 보면 언젠가는 정분이 날 터이니, 자주 만나길 바라는 마음이었다.

왜 왔던고 왜 왔던고

울고야 갈 길을 왜 왔던고

하지 말고,

만경창파에 두둥실 뜬 배야

어기여차어야디야 노를 저어라

하는 마음으로 더 느긋해졌으면 하는 바람을 실었다!

공수처법이니 검찰개혁법이니 선거법이니 하는 것들이 본디 모습과는 다르지만, 가까스로 국회에서 통과된 요즘은 이런 사설이 떠오른다.

너를 보고 나를 봐라 내가 너 따라 살겄냐

눈에 안 뵈는 정 땜시 헐 수 없이 산다

뒷산의 딱따구리는 없는 구녕도 잘 파는디

우리집 반펜이는 있는 구녕도 안 찾어

애써 참으며 살아온 백성들, 할 수 없어 살았다. 그렇다면 높은 벼슬아치들이 반편이가 안 되는 방법은?

그대 다시는 고향에 가지 못하리

세월호 침몰 사건이 있던 해, 군산에 가기 위해 서해안 고속도로를 가자니 전광판에서 줄곧 '진도는 목포요금소를 이용하세요'라는 문구가 나왔다. 그 문구를 보는 순간 눈 감고도 그려지는 고향 진도 길이 떠올랐다. 그리고 토머스 울프의 소설 제목 『그대 다시는 고향에 가지 못하리』도 함께 떠올랐다. 이 아무개 작가는 이 제목 그대로 자기 소설 제목으로 쓰기도 했다.

나는 고향에 가지 못했다. 앞으로 당분간은, 특히 팽목항에 가지 못할 것 같다. 고향집에 가면 들르던 팽목항. 집에서 차로 30~40분이면 갈 수 있던 팽목항. 거기 가까이 있는 남도석성에 선친이랑 자주 갔던 기억도 난다. 아버지가 살아 계실 때 친목계 등을 치를 때면 그 항구의 한 음식점에서 식사를 했다. 그래서 몇 해 전 노모를 모시고 식사하러 가자고 했더니 그 집을 말씀했다. 그런데 그 집 주인은 두 사람이 먹기엔 너무 많다고 다른 집을 일러주었다. 자신은 논에 물 잡으러 간다면서.

몇 해 전 노모를 모시고 가게 된 장어탕 집. 부두 일꾼들 상대로 장사하는 곳이었다. 노모는 그 집의 장어탕을 잘 드셔서 자주 그 집에 들른다. 동생들은 팽목항에 막 돌아온 고깃배에서 이런저런 생선을 사고는 했다. 팽목항은 노모에게 기억의 장소다. 특히 아버지와 관련해.

세월호의 침몰과 전초 기지가 된 팽목항. 진도 앞 조도면의 각 섬 주민들은 팽목항을 통해 진도 땅을 밟는다. 진도 바다에서 세월호 침몰이라는 어이없는 일이 일어났다. 그 침몰에 따른 뭍사람들의 온갖 행태도 어이없기는 마찬가지.

대한민국이 침몰하는 것 같다. 남의 슬픔은 아랑곳없이 기념사진이나 찍는 벼슬아치, 유가족에게 장관 납신다고 한 똘마니(그래서 어쩌라고?), 유가족들은 가까스로 목에 물을 넘기고, 바닥에 뒹굴며 겨우 버티는데 장관이라는 자는 소파에 앉아 컵라면이나 먹으면서 출출한 배를 달래고(당신도 유신녀처럼 쇼하러 왔지?), 방송 기자는 환하게 웃고(그 상황을 보고도 웃음이 나와?), 마침내 어떤 국해의원(國害議員)이라는 족속은 좌파 척결을 부르짖고(이런 사람들의 뇌구조는?), 선거와 관련하여 어떤 정치꾼은 헹가래를 치고, 폭탄주를 돌리고……. 이게 정상인가? 서울 거리의 현수막마다 비정상을 정상으로 돌려놓겠다고 홍보하던데, 외려 이런 게 비정상일 터!

내 귀가 멀쩡한지 모르겠고 눈이 의심스럽다. 고립된 진도, 마치 1980년 광주 같다. 유언비어는 정부와 언론에서 나오고, 외부자들은 까불고 조롱한다. 죽음 앞에서도 이럴 수 있는 그들이 사람일까? 두렵다. 아이들아, 잘 가라!

1980년 광주의 기억 때문에 5·18의 발상지이자 모교인 전남대학교에 1980~1990년대 내내 못 갔다. 그러다가 갈 수밖에 없는 일이 생겨 몇 년 전, 사십몇 년 만에 전남대학교에 갔던 기억이 난다. 그것도 밤에, 교사들 연수에 강연하러 할 수 없이……. 눈 많이 내린 밤에 도둑처럼. 무등산을 무척 좋아하지만 못 갔던 광주였다. 팽목도 마찬가지일 것 같다. 그 근처 남도석성을 좋아하지만, 하여간 당분간 '그대 다시는 고향에 가지 못하리!' 토머스 울프와 내가 고향에 가지 못하는 이유는 다르지만.

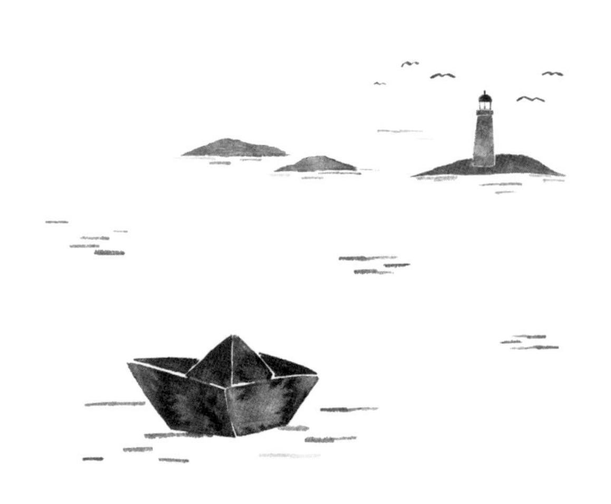

'있을 수 없는 일'이 일어나는 세상

성수대교 근처를 지날 때마다 떠오른다. 다리가 무너지던 때가. 1990년대 중반이어서 많은 세월이 흘렀지만 좀체 잊히지 않는다. 아침 출근길에 한강 다리가 무너져 내렸다. 그러자 모두들 있을 수 없는 일이라며 혀를 내둘렀다. 그런데 그 이후로도 현실에선 그 '있을 수 없는 일'이 너무 자주 일어나고 있다.

최근에도 우리는 하늘에서, 바다에서, 기차선로에서 '있을 수 없는 일'들을 경험했다. 또 나라 살림을 맡은 벼슬아치들과 국민 생활의 질을 책임지는 재벌들이 '있을 수 없는 일'들을 저지르는 걸 보았으며, 이제는 '있을 수 없는 일'들 때문에 길거리조차 마음대로 돌아다닐 수가 없다.

흉악 범죄, 인명 경시, 부정부패, 복지부동, 무사안일, 부실 공사,

뇌물 수수, 개혁, 편법 및 탈법의 불공정……. 요 몇 달, 아니 요 며칠간의 신문만 보아도 우리는 앞에 열거한 말들을 수없이 만나게 된다. 그래서 종교인은 자신의 종교적 입장에 따라 불살생계를, 인간방생을, 청정 보시를, 사랑을, 회개를, 참회를 들먹인다.

거기에 뒤질세라 교육자는 누구 할 것 없이 인간 교육을, 가정 교육을, 도덕 교육을, 공동체 의식을 들먹인다. 그런 일에 정치가가 빠질 것인가! 그래서 정치가는 그들의 큰 목소리만큼이나 커다란 소리로 일벌백계를, 의식 개혁을, 부조리 타파를, 공정 사회를 외쳐댄다.

아무튼 여러 가지 것을 다 생각하기엔 너무 어지러우니까 옛날의 성수대교 붕괴 사고만 두고 얘기를 해보자. 다리는 물리적 구조물 이상으로 길의 의미를 가지고 있다. 특히 불가에서 다리가 가지는 의미는 유다르다. 중생들이 발 딛고 사는 속세와 중생들이 건너가야 할 부처의 세계를 이어주는 역할을 하는 것이 바로 다리인 것이다. 그래서 사찰에서 다리를 만들 땐 다리에 극락교니, 반야교니, 연화교니 하며 반드시 의미 깊은 이름을 단다.

물질 문명을 무척 좋아하는 서양 사람들에게도 다리는 특별한 의미를 가진다. 그래서 T. S. 엘리엇 같은 시인은 그의 시 「황무지」에서 런던교의 붕괴를 현대 문명의 몰락으로까지 상징하고 있다. 이처럼 다리는 동서양을 떠나서 소중한 의미를 지니는 건조물인 것이다. 아무튼 다리 하나 제대로 만들지 못하는 나라라면 그 어느 것인들 제대로 만들겠는가!

그런데 이처럼 물리적 구조물 이상으로 사람들 가슴속에 자리

잡고 있는 '다리'가 무너진 것이다. 그것도 출근 시간의 수도 서울, 한강 한복판 위에서 말이다.

'으째 그런 일'이 일어났을까? 그건 무엇보다도 다리를 만든 사람들이 혼을 불어넣어 가며 만들지 않았기 때문이다. 그 혼이란 무엇인가? 그건 자신의 기술에 대한 철저한 장인 정신이며 자신의 직업에 대한 자부심이자, 자신의 삶에 대한 끝없는 수행 정진이다.

그런데 유감스럽게도 그 다리를 설계하고 시공하고 감독하고 관리하는 사람들 중 그 어느 누구도 혼을 가지고 있지 않았다. 건설회사는 부실시공으로, 감독관청은 무사안일로 서로 궁합이 척척 맞아서 적당히 다리를 짓고 관리해 온 것이다. 게다가 다리 사고에 대한 시민의 신고를 받고 관청 사람들이 처음에 보인 반응은 더욱 가관이다. 담당이 아니다, 정말 사고가 났느냐는 등 이 나라 백성들의 생명과 재산을 책임지고 있는 관리라고는 도저히 볼 수 없는 작태들을 용감하게 보여준다.

어느 누구 하나 제대로 된 혼을 가지고 있는 사람이 없었다. 그러니 그동안 소를 잃지 않도록 하는 것은 고사하고 소 잃고 나서 외양간을 고치는 일이나마 제대로 해왔겠는가!

불가의 건축물들은 수백 년이 흘러도 지금까지 끄떡없이 당당하게 원래의 모습을 그대로 지니고 있는 것이 많다. 왜 그럴까? 그건 서까래 하나 얹으면서도 지극한 불심으로, 말하자면 자신의 혼을 넣어서 지었기 때문이다. 이름도 모를 수많은 목수들, 석수장이들. 그들은 자신의 일을 자신만이 책임질 수 있는 장인 정신과 자부심으로 도를 닦듯 해냈다. 그것도 일 년을 하루같이, 십 년을 하루같이 묵묵히 말이다. 오늘날 우리는 그러한 정신을 되살려야 한다.

익히 알다시피 일본은 다리 축조 기술을 백제의 우리 조상들에게서 배워갔다. 그런데 막상 기술을 가르쳐준 우리는 차가 좀 많이 지나다닌다고 해서 와르르 무너져 내리고 마는 다리나 겨우 만들고 있는 것이다.

왜 이렇게 되고 말았을까? 우리 모두는 그때 일을 계기로 저마다 처한 위치에서 조상들이 자신의 일에 대해 지녔던 진지함을 되새겨 보아야 한다. 누가 보든 보지 않든 혼을 쏟아서 자신의 일을 했던 조상들의 태도를 본받아야 할 것이다. 그러지 않고서는 '있을 수 없는 일'이 언제까지 지속될지, 또 어느 곳에서 어떻게 터질지 모른다.

특히 불자들은 자신에게 주어진 일을 할 때 항상 수행 정진하는 마음가짐으로 해야 한다. 그렇게 도를 닦듯 모든 일을 대할 때 그것이 자신을 위한 복덕은 물론 남을 위한 보시도 되고, 나아가 우리가 그토록 염원하는 진정한 불국토를 건설하는 밑바탕이 될 것이다. 물론 국민 모두 그런 마음가짐으로 자신의 일을 해나간다면 적어도 성수대교 같은 사고는 두 번 다시 일어나지 않을 것이다. 다리가 무너진 지 오래인 지금도 나는 성수대교 위로 지나가기가 겁난다. 하지만 겁나는 게 어디 성수대교뿐일까?

아버지와 아들의 자리

'가정의 달' 5월. 5월엔 어린이날을 시작으로 하여 어버이날, 성년의 날이 다 들어 있다. 가히 가정의 달이라 할 만하다. 이 5월에 지극히 '가정적'인 사건이 일어난 게 떠오른다. 십수 년 전 가정의 달에 일어난 일. 그때 그 사건은 대중의 입에 많이 오르내렸다. 그런데 그 사건은 감성적으론 가정적이되 참으로 민망하기 짝이 없는 가정적인 사건이다. 이른바 재벌 회장의 보복 폭행 사건. 세월이 많이 흘렀지만 가정의 달만 되면 그 일이 떠오른다. 워낙 충격적인 일이라서.

사건의 발단은 간단하다. 맞고 들어온 자식이 안쓰러워 아비가 대신 나서서 혼내주었다는 것이다. 그야말로 '가정적'으로 해결할 만한 일이다. 그런데 아비 혼자 가서 상대방을 타이르다 못해 성질

이 돋아 우발적으로 혼내주기까지 한 게 아니라 재벌 회장답게 '어깨'들을 거느리고 가서 혼내주었다. 그런 까닭에 그만 일이 커져서 사회 문제가 되었다. 그렇게 된 건 지극히 가정적인 사건을 '비가정적'으로 해결했기 때문이다.

어떤 아비든 자식이 맞고 들어오면 기분 좋을 리는 없다. 그렇다고 해서 바로 나서지 않는다. 일의 자초지종을 들어보고 자기 자식이 원인 제공을 했으면 아이부터 나무란 뒤 때린 아이를 타이른다. 더구나 대학생 아들이 술집에서 시비가 붙어 맞고 들어왔다면 일단 아들의 행실부터 다잡고 볼 일이다. 학생 신분에 무슨 돈이 있어서 그런 술집을 출입하며, 그런 데서 맞고 온 게 무슨 자랑이라고 아비한테 일러바치느냐고 말이다.

그런데 재벌 회장의 해결 방식은 역시 달랐다. 사회의 통념이나 법은 멀고, 아니 그런 것 따위는 우습고, 주먹과 돈이 가깝고 부리기 쉬웠다. 주먹과 돈. 그것이면 이 세상 뭐든 자기 맘대로 되리라 생각했다. 그런데 '재수 없이' 여론의 포화를 맞았다. 그보다 더한 일도 거뜬히 해결하고 살았는데, 별것도 아닌 일에 세상 사람의 입방아에 오르내리고 손가락질을 받게 된 것이다. 재벌 회장으로서는 참으로 억울하고 복장 터질 일이다. 어쩌면 사회의 여론에 대해 '보복'을 하고 싶었는지도 모른다.

이 자리에서 얘기하고 싶은 것은 재벌의 행태가 아니다. 그러한 건 온갖 지면에서 다룰 만큼 다루었다. 내가 얘기하고 싶은 건 아버지와 아들의 자리다.

나는 그 사건의 보도를 접하자마자 뜻밖에도 '삼강오륜'의 '부자유친'이 떠올랐다. 조상 대대로 수백 년을 우려먹을 대로 우려먹어서 이젠 새로움이라곤 눈곱만치도 찾아볼 수 없을 것 같은 삼강오륜. 그 가운데에서도 부자유친. 아버지와 자식 사이의 도리는 바로 친애(親愛)에 둔다는 지혜. 새삼스럽게도 재벌 부자에겐 바로 그 지혜가 부족했다는 생각이 든다.

자식을 사랑하되 티 나지 않게, 표나지 않게 사랑하는 것. 그게 부자유친 아닐까? 어느 부모인들 자식이 귀하지 않고 사랑스럽지 않겠는가? 그러나 자식이 아무리 귀하고 사랑스럽다 해도 사사건건 때마다 부모가 나서서 뒤를 봐주어야 하는 것은 아니다.

돌아가신 내 아버지는 육 남매를 키우는 동안 한번도 자식의 일로 나서신 적이 없다. 게다가 자식들의 일에도 얼굴 한번 내비치시거나 간섭하신 적이 없다. 오로지 자식들의 결혼식에만 참석하셨다. 자식의 대학 졸업식 같은 것에도 참석하지 않으신 것은 물론 군대 간 자식의 면회조차 한번 다녀오신 적이 없다. 그렇다고 자식을 사랑하지 않는 게 아니다. 속으로야 어느 누구보다 자식을 사랑하셨다. 그러나 자식이 사랑스러울수록 그 사랑을 애써 감추신 것이다. 그래서 형제들 누구 하나 그걸 서운해한 적이 없다. 이미 아버지의 사랑을 다 알고 있기 때문이다.

그런 아버지와 장남인 나의 관계는 형제들 가운데에서도 좀 특이했다. 아버지가 가장 어려워했던 사람은 바로 장남인 나이기 때문이다. 그럼 나는? 나도 이 세상에서 아버지가 가장 어려웠다. 그렇게 서로의 자리에서 어려워하는 것. 적당한 거리를 두고 사랑하는 것. 그런 사랑이기에 여태껏 집안에 큰 문제가 없다.

재벌 회장과 그 아들도 서로 좀 어려워하고, 적당한 거리를 두고 사랑했으면 어땠을까? 그게 부자유친 아닐까? 그랬다면 조폭 재벌이라는 욕 대신 자식 농사 잘 지은 아버지라는 칭송을 들을 수 있었을 텐데.

재벌 회장의 행태를 보고 비웃었지만, 사실 말이지 이런 글을 쓰고 있는 나도 내 자식에게 어떻게 비치고 있는지, 그건 좀 두렵다. 나는 나의 아버지처럼 하지 못하고 있기 때문이다. 아버지는 내가 자랄 때 이래라저래라 잔사설 한번 늘어놓은 적이 없으신데 나는 입만 열면 아이에게 잔소리를 하며 아이의 이런저런 일에 끼어들고 간섭을 한다. 명색이 동화와 청소년 소설을 쓰는 작가라면 아이를 대하는 방식도 좀 달라야 하지 않을까. 아이를 믿고 아이의 성장을 느긋하게 지켜보며 적당한 거리를 두고 드러나지 않게 사랑하는 것. 그게 진짜 부자유친일 테니까.

바람, 바람, 바람이 분다!

바람이 분다. 아침부터 저녁까지 바람이 분다. 요 며칠 동안 분 바람은 꽃샘추위 바람이었다. 그러더니 이제는 훈훈한 봄바람이 분다. 그 봄바람에 앞집 담장 너머의 백목련이 살포시 꽃망울을 터뜨릴 준비를 하고 있다.

이 밤 자고 난 뒤, 봄바람 한 자락 더 불어오면 그 백목련은 끝내 꽃망울을 터뜨리고 말 것이다. 봄바람에 터지는 꽃망울, 그 꽃망울은 결코 겨울엔 터지지 않는다. 봄바람이라야만 꽃망울을 터뜨려 속살을 드러내게 할 수 있다. 그래서 봄바람은 겨울바람보다 강하다.

바람이 분다. 역시 아침부터 저녁까지 바람이 분다. 그러나 어제 불던 바람이 오늘 또 부는 건 아니다. 바람은 날마다 새로운 바람이다. 그 새로운 바람에 나무가 자라고, 짐승이 자라고, 사람이 자라고, 그리하여 마침내 세상도 자란다. 그래서 바람이 부는 한 오늘 우리의 모습은 어제 우리의 모습이 아니다. 우리의 모습도 새로운 바람 따라 새로운 모습으로 날마다 바뀌어간다. 그래서 프랑스의 시인 폴 발레리는 '바람이 인다. 살려고 애써야겠다'고 노래했는지 모른다.

바람이 분다. 봄바람, 꽃바람, 들바람, 강바람, 산바람만 부는 게 아니라 돈바람, 치맛바람, 투기바람, 과외바람, 사재기바람도 분다. 봄바람, 꽃바람, 들바람, 강바람, 산바람은 예전부터 있어온 점잖은 바람이다. 하지만 돈바람, 치맛바람, 투기바람, 과외바람, 사재기바람은 어딘지 개운치 못하고 향기롭지 못한 냄새가 나는 바람이다. 바람은 이처럼 개운치 못하고 향기롭지 못한 냄새가 나는 곳에도 가서 붙는다.

바람이 분다. 가정에서고 직장에서고 걸핏하면 바람이 분다. 요즘엔 무슨 일, 무슨 말에고 바람, 바람, 바람! 하는 말이 들어가야 그럴싸하고 말발이 서는 세상이 되어버렸다. 바람이 바람난 것이다. 이대로라면 바람의 앞뒤에 붙이는 말은 앞으로도 얼마든지 더 늘어날 것이다. 그만큼 '바람'이라는 말이 가지고 있는 상징성과 함축성이 크고 넓은 까닭이다. 그러다 보니 우리 말에 비둥이, 구름둥이는 없어도 바람둥이라는 말만은 있다.

바람둥이, 얼마나 기가 막히게 잘 만든 말인가? 외국 어느 나라 말에도 우리말 '바람둥이'를 따라올 '바람둥이'는 없을 것이다. 우리나라 바람둥이는 보통 사람과 다른 사람이다. 우리나라 바람둥이는 바람이 들어서 한참 동안 집 밖을 나대기도 하고, 다른 사람들 앞에서 바람을 잡기도 한다. 그 정도로 그치면 양반이지. 우리나라 바람둥이는 바람 먹고 구름 똥을 싸기도 한다. 그만큼 허황한 사람이라는 얘기다. 그래서 옛사람들은 그런 바람둥이로부터는 늘 상 바람맞기 십상이니 바람둥이와는 어울리지 않는 게 최고라고 했다. 바람둥이 잘못 사귀면 바람 부는 날 가루 팔러 가게 되고, 비 오는 날엔 꼭 소금 팔러 가게 된단다.

바람이 분다. 이 땅 위에 다시 바람이 분다. 오늘 이 땅 위에 부는 바람은 정치바람을 탄 국회의원 선거바람이다. 그 선거바람에 많은 사람들이 신바람 나 있다. 그러나 그 신바람 난 사람들은 윤동주 시인이 노래한 대로 잎새에 이는 바람에 한 번이라도 괴로워해 본 적이 있을까? 아무래도 없는 것 같다. 그들의 바람은 오직 선거에 당선되기만 바라는 정치바람이라서 일반 백성들의 애타는 바람을 알지 못하는 것 같다. 그들은 선거 때만 되면 바람 부는 대로 물결치는 대로 흔들흔들 왔다 갔다 한다. 그래서 바람을 잘 타는 정치인을 바람의 길이 바뀌는 대로 날아다니는 새 같다고 해서 철새 정치인이라고 부른다.

바람이 분다. 그러나 이번엔 헛바람으로 다리품 팔지 말라는 바람이 분다. 그래서 이번 선거가 끝나면 어느 바람에 누가 떠밀려 가고 또 누가 떠밀려 올지 자못 궁금하다. 그런데 분명한 것은 역사의 일정한 방향으로 계속 불어가리라는 것이다. 물론 역사의 바람 앞에 가끔은 거슬러 부는 역풍도 있을 것이다. 또 때로는 회오리바람

되어 심술을 부리는 바람도 있을 것이다. 하지만 역사의 너른 들녘에 부는 큰 바람 앞에 그런 작은 바람은 오래가지 못하고 이내 곧 사그라지고 말 것이다. 사실, 제대로 방향을 잡아 부는 바람만이 배를 물 위에서 앞으로 나아가게 한다. 그렇다면 거스르는 바람과 회오리바람에 누가 배를 띄우자고 물가에 나가겠는가?

바람이 분다. 겨울바람이 봄바람 보고 춥다고 하는 세상에 바람이 분다. 그러나 그러한 세상이라고 해서 바람아 그만 불어라 할 수는 없다. 바람은 불어야 바람 아닌가. 바람으로 하여 세상이 열리고, 바람으로 하여 구름이 몰리고, 바람으로 하여 물결이 일며, 바람으로 하여 배가 앞으로 나아간다. 바람은 멈추어 있으면 바람이 아니다. 바람아 멈추지 말아다오! 역사의 큰 바람은 더더욱 멈추지 말아다오!

신의 나라에는 예술이 없다

앙드레 지드였던가. 신의 나라에는 예술이 없다고 한 이가. 맞는 말씀이다. 완전무결하고 전지전능한 경지에 이른 신들이 뭐가 부족해서 예술을 필요로 하겠는가. 예술은 여러 가지로 부족한 존재들의 욕망 때문에 생겨났다. 욕망은 대개 현실의 결핍에서 발생한다. 신들은 일단 결핍이라는 걸 모르는 존재들이다. 다시 말해 이미 욕망을 뛰어넘어 욕망 저쪽에 존재하는 것이다. 욕망을 다 다스려버린 존재들이라는 얘기다. 그러니 무얼 더 바랄 것도 없고, 자신의 행위에 대해 아쉬워할 필요도 없는 존재들이다.

그러나 신의 나라가 아닌, 일반 범인들이 사는 현실 세계는 원초적인 욕망의 불덩이가 끊임없이 타오르는 곳이다. 재물을 모으고, 권력을 잡고, 사랑을 쟁취해도 욕망은 그치지 않는다. 아니, 가지면

가질수록 되레 욕망의 목표치는 높아만 간다. 일정 수준에 이르렀다고 욕망이 결코 가라앉지 않는다.

그런데 문학을 비롯한 예술은 그런 일반 범인들에게 그칠 줄 모르는 욕망에서 벗어나라고, 욕망에 사로잡힌 자신을 반성하라고 이른다. 끊임없이 자기 자신을 돌아보고 갱신하라고 이르는 것이다. 나아가 자신이 발 딛고 사는 세상을 돌아보고 진흙투성이인 세상을 바꾸라고 다그친다. 끝없는 욕망에 사로잡혀 진흙탕에서 싸우는 개처럼 꼴사나운 모습을 보이지 말라고 한다. 그래서 예술은 현실을 되비추는 단순한 거울이 아니다.

예술은 현실 속 존재들의 아픔을 드러내어 욕망 때문에 일그러진 모습을 돌아보게 한다. 예술의 기본적인 기능은 불편한 다그침인 것이다. 그렇기에 문학 역시 현실을 사는 이들을 늘 불편하게 한다. 그러나 역설적이게도 그 불편함이 신의 경지에 이르지 못한 '보통 사람들'을 더 성숙하게 한다.

지금 우리는 한 치 앞도 잘 안 보이는 현실을 살고 있다. 온갖 욕망의 불덩이들만 타오르고 있다. 자칫 그 욕망의 불덩이가 우리가 사는 현실의 모든 것을 태워버릴지도 모른다. 그런데도 아랑곳없다. 학교, 기업, 언론 할 것 없이 죄다 자신들의 욕망의 기대치를 높이는 일에만 눈이 벌겋다. 문제의 현실은 전적으로 위정자들과 이른바 사회 지도층이라는 이들의 잘못이다. 그런데 대통령을 비롯한 국회의원이나 지방 자치 단체의 수장들을 누가 뽑았나? 그런 이들을 힘있는 자리에 올려준 이는 다름 아닌 국민이다. 그들을 뽑을 때 그들이 어떤 인물인지는 따져보지 않고 오로지 자신들의 욕망을 누가 더 많이 채워줄 것인가만을 유일한 기준으로 삼아 표를 던져주었다. 그래 놓고 살기 힘들어지자 자신들이 뽑은 대표들을 욕한다.

학교는 학교대로 욕망의 무한 경쟁을 부추기고, 기업은 기업대로 자신들의 이익 극대화에만 충실하다. 언론도 마찬가지다. 지금 시점에서 학교의 교육적 역할을 따지고, 기업의 사회적 공헌을 따지고, 언론의 권력 감시 기능을 따지는 건 아주 순진한 일이 되고 말았다. 모든 집단이 자신들의 욕망을 극대화하는 일에만 눈이 시뻘겋다. 이런 시대에 문학은 어떤 역할을 해야 하는가?

신문의 신춘문예나 문예 잡지에 신인 투고량이 늘었다는 건 문학에 대한 범인들의 관심이 갑자기 늘어서 그런 것이 아니다. 역설적으로 볼 때, 그만큼 사회가 살기 힘들어졌다는 얘기다. 모두들 사회와 개인의 아픔에 대해 그만큼 발언할 게 많다는 얘기다.

상식이 통하는 사회

묵은해가 가고 새해가 왔다. 영겁의 세월 속에서 보면 묵은해니 새해니 하는 시간 구분이 별 의미가 없을 터이지만 우리 인간들은 삶의 편의성이라는 발상 아래 뭐든지 나눠서 쪼개놓고, 스스로 정한 울타리 속에서 울고 웃으며 산다.

아무튼 이렇게 해를 갈라놓고 볼 때, 작년 한 해를 돌아보면 정말 다시는 되돌아보기도 싫다. 하지만 오늘은 어제의 계속이고 내일은 오늘의 계속이고. 묵은해라고 무조건 모른 체할 수도 없는 것이 인생살이인 것이다. 지나간 묵은해의 잘잘못이 올 새해에 그대로 반영이 될 터인즉 묵은해에 어떻게 살았는가를 보고 새해의 지침을 세우는 것도 전혀 무익하진 않으리라.

지나간 해 역시 무너질 수 있는 것은 모두 무너진 해였다고 할 수 있다. 돈 때문에 자식이 부모를 죽이고, 그와는 반대로 부모가 자식을 죽이거나 버리기도 하는 등 어처구니없는 일들이 이제 생소하지도 않다. 또 한탕주의에 눈이 멀어 무고한 사람을 죽이고 불태운 사람들과 버젓이 같은 하늘 아래에서 살고 있었으며, 부녀자는 밤길은 물론 낮길도 마음 놓고 돌아다닐 수 없을 만큼 성폭행과 살인의 공포감에 떨어야 했다.

게다가 고질적인 부실 공사와 무책임성도 여전해 어느 곳 하나 마음 놓고 돌아다닐 수 없게 되어버렸다. 또 웬 나랏돈 도둑놈들은 그리도 많은지, 국가의 관리 능력이고 뭐고 할 것 없이 모든 것이 무너져 내린 해였다. 자연스레 당연히 민심도 함께 무너져 내렸다.

민심은 무엇인가? 민심은 바로 천심이 아닌가? 옛날 전제 국가 시대에도 민심이 흉흉하면 국가의 정사가 무엇이 잘못되었는지를 살펴보았다. 그런데 백성이 주인인 민주주의 시대를 살고 있는 지금, 천심이 무너져 내리는데도 소위 지도자라는 사람들은 무감각하고 무책임해 국가의 정사를 안일하게 대한다. 그래서 무슨 사고나 사건이 터지면 근본 원인을 밝혀 치유하기보단 말단의 관계자 몇몇을 갈고는 다시는 그런 일이 없을 것이라는 사과의 말 몇 마디로 자신들의 책임을 회피하기에만 급급하다.

그러나 이대로는 안 된다. 절대로 안 된다. 이 땅에서의 우리 삶이 하루 이틀로 끝날 것이 아닌 바에야 지금이라도 우리는 진정한 의미의 새해를 맞아야 한다. 그렇다면 진정한 의미의 새해는 어떤 모습이어야 할까. 거기에 대한 답은 의외로 간단하다. 진정한 의미의 새해가 되려면 사회 전체적으로 건전한 상식이 통하도록 하면 되는 것이다. 인륜과 천륜과 국가의 관리 능력과 기강이 모두 상식 수준에서 통하면 올바른 사회인 것이다. 자식은 부모를 공경하고 부모는 자식을 사랑하는 것은 물론이요. 이웃의 아픔을 이해하고 그 아픔을 조금이라도 나누어 가지려는 공동체적 삶의 미덕이 다시 꽃피어야 한다. 또 공무원은 국민의 심부름을 맡은 심부름꾼임을 알고 국민의 뜻에 맞도록 공무를 성실하게 수행하며, 소위 지도 계층은 자신과 국정을 엄격하게 관리하는 사회라야 한다.

이건 너무나 상식적인 이야기다. 하지만 그동안 우리 사회는 너무나 당연한 상식이 통하지 않았다.

무너진 상식이 다시 통하는 사회를 만들기 위해선 우선 급격히 이루어진 자본주의적 산업 사회의 병폐를 치유해야 한다. 돈이라면 물불을 안 가리며 덤벼들고, 쾌락이라면 눈을 감고도 좇아가고, 정의는 콧방귀 뀌며 헌신짝 버리듯 내던져 버리는 사회. 우리 사회는 지금 모든 가치가 뒤집어져 있다. 이러한 가치 전도는 급격하게 이루어진 산업 사회의 발전 과정에서 드러난 역기능이다. 따라서 이를 바로잡으려면 자본주의적 생산 양식에서 비롯한 사회의 여러 모순과 갈등을 먼저 짚어보아야 할 것이다.

묵은해 새해를 가르는 일이 조금이라도 의미가 있으려면 묵은해를 교훈 삼아 무언가 변화를 이루어야 한다. 고름은 절대로 살이 되지 않는다. 기왕 곪아 터질 것이라면 곪은 자리를 깨끗이 짜내어 새살이 돋도록 해야 한다.

새살이 돋도록 하기 위해선 누구보다도 불자들이 해야 할 일들이 많다. 보살계에서도 나타나듯이 엄격하고 청정한 자기 관리를 하는 일이 불자들의 몸에 배어 있을 것이기 때문이다. 불자들은 입으로만 부처님 법을 떠들지는 않았는지, 자기 자신의 부귀영화만을 위해 불공을 드리지는 않았는지 반성해 볼 일이다. 그러한 반성을 통해 진정으로 너와 내가 더불어 살 수 있는 사회를 만들기 위해 앞으로 불자들이 해야 할 일은 무엇인지 생각해 보아야 한다.

모두가 그러한 마음가짐으로 새해를 맞아야만 불국 정토의 건설도 현실화할 수 있을 것이다. 살아 있는 모든 생명을 소중히 여기며 나만이 아니고 너와 내가 함께 사는 사회, 모두가 더불어 사는 사회를 만들려고 애쓰는 일이 바로 진정한 불국토를 만드는 일이 아니겠는가.

새롭고 단단한 마음가짐으로 묵은해를 보내고 새해를 맞자. 그래야만 묵은해니 새해니 하며 시간을 가르고 분별하는 일에서 새로운 의미를 찾을 수 있을 것이다.

5장

사라져가는 것들의 뒷모습

'순'이라고 불러보는 소녀, 혹은 여인

초겨울 바람이 매섭습니다. 당신을 만나던 때도 마치 요즘 같은 날씨였지요. 그래서 초겨울 바람이 불 때면 해마다 당신에게 편지를 씁니다. 그러나, 부치지 못할 편지를 쓰는 난 그래서 더 춥습니다. 더구나 아직도 나는 당신의 본이름조차 모릅니다. 하지만 당신을 '순'이라고 부릅니다. 그냥 그렇게 부르고 싶어서입니다. 우리나라 여성들 이름자에 꽤 많이 들어가는 '순'. '순' 자가 주는 어감이 부드러워 나는 당신을 그렇게 부릅니다.

당신을 처음 만난 날, 당신은 주저 없이 나의 시린 손을 잡았습니다. 그러고서 대뜸 말했습니다.

"남자 손이 이렇게 부드러운 사람도 있네……."

나는 그 말에 부끄러움을 느꼈습니다. 가늘고 긴 나의 손가락. 난

내 손이 늘 부끄러웠지요. 남자 손이라면 솥뚜껑처럼 크고 넓적해야 남성스럽다는데 난 아쉽게도 그런 손을 갖지 못했습니다. 그렇다고 해서 이 손이 우리 또래의 평균치 남자들이 할 일을 피해간 적은 없습니다. 벼도 베고, 보리도 베고, 꼴도 벴습니다. 그런 흔적은 나의 왼손 손가락 두 개에 고스란히 남아 있습니다. 순, 당신도 나의 왼손가락 두 개의 손톱이 흉하게 일그러져 있는 것을 보고 이렇게 말했지요.

"칼에 벤 거예요?"

"아뇨, 낫에 벴지요. 새끼손가락은 국민학교 3학년 가을에 벼를 베다가, 그다음 손가락은 그 이듬해 봄에 보리 베다가……."

"그랬군요. 그 나이에 낫질은 아직 위험했을 텐데……."

당신은 흉이 진 나의 두 손가락을 더욱 따뜻하게 잡아주었지요. 나의 손가락을 주물러주던 당신의 손은 여자 손이라고 하기엔 너무 거칠었습니다. 더구나 이제 막 고등학교를 졸업한 나이의 소녀 손이라고 하기엔 더욱더. 당신은 자신의 손이 거친 것을 미안하게 생각했습니다. 그러나 난 내 손이 당신 손보다 더 부드러운 것이 쑥스러웠습니다. 더구나 당신의 그 손엔 네 식구의 생계가 달려 있었지요.

우리는 일주일을 똑같은 시간, 똑같은 장소에서 만났지요. 굳이 이름을 알려고도 하지 않았고, 알 필요도 없었지요. 나는 학교가 끝나면 곧장, 당신은 직장이 끝나면 곧장 '만남의 장소'에 나타났지요. 피차 전화 같은 건 두고 살 형편이 아니던 시절이라 당신과 나는 헤어질 때 만나자는 말을 굳이 하지 않아도 그 장소에서 이튿날 다시 만났지요. 그러나 만남은 길지 못했습니다. 우리의 만남이 일주일을 지나 여드레째 되는 날, 당신은 무슨 이유에서인지 만남의 장소에 나타나지 않았습니다.

그날 이후 난 당신에 대한 온갖 상상을 해보았습니다. 그야말로 유행가 가사처럼 '우연히 만났다 말없이 가버린 당신'. 당신도 이제는 소녀가 아니라 여인이 되어 있으리라 생각합니다. 가끔은 그때 이름이라도 알아두지 못한 것을 후회하기도 했습니다. 그러나 이제는 후회를 거두었습니다. 당신은 내 속에서 '순'으로 태어났고, 난 당신을 그리며 이 길고 가느다란 손가락으로 당신에게 편지를 쓸 수 있게 되었으니까요.

순, 그때 둘이 다니던 포장마차가 서 있던 거리, 생각나지요? 낙엽이 몹시도 흩어져 날리고 행인마저 뜸한 길모퉁이에 어쩌자고 그

포장마차는 있었던지. 지금은 그곳 모두 번화한 거리로 바뀌어버렸지요. 그러나 이렇게 초겨울 바람이 매섭게 부는 날엔 난 당신의 손을 잡고 그 포장마차에 들릅니다. 내 가슴속에는 여전히 그 포장마차가 남아 있거든요.

순, 단 일주일만이라도 옛날 그때처럼 다시 만날 수 있다면 나의 나머지 생이 내내 행복하리란 예감이 듭니다. 당신의 소식을 기다리면서 이만…….

다나다라야야 나막알야……

올봄엔 유난히도, 정말 유난히도 비가 자주 오고 마른하늘에 천둥 번개마저 요란했다. 그렇게 우중충한 봄날 분위기에 맞추기나 한 듯 나의 가슴에도 천둥 번개가 쳤다. 고등학교 때 만나 지금까지 가까이 지낸 친구 하나가 이 봄에 세상을 떠난 것이다.

누구의 죽음이 되었든 죽음은 살아 있는 사람들로 하여금 '삶이란 정말로 허망한 것이로구나' 하는 생각을 하게 한다. 그런데 여기서 특히 그 친구의 죽음이 내게 어처구니없다고 느껴지는 것은 죽음으로 이르는 과정을 어느 것 하나 밟지 않고 세상을 떠나버렸기 때문이다.

죽음에 이르는 과정을 밟지 않다니? 말하자면 평소에 어디가 많이 아파서 병원 출입을 하고 있었다든지, 늙어서 기력이 거의 다했다든지, 아니면 교통사고 같은 거라도 당해서 어쩔 수 없이 죽게 되었다든지 하는 죽음의 원인이 되는 과정 없이 세상을 떠나버렸다는 것이다. 그 친구는 일요일 저녁에 식사도 잘 하고 텔레비전까지 보고 나서 그다음 날 출근해서 할 일들을 메모지에 꼼꼼히 적어 상의 주머니에 꽂아 놓고 잠자리에 든 뒤 영영 눈을 뜨지 못하고 말았다. 사망 원인은 '심장마비'였다.

심장마비. 의사의 말을 빌릴 것도 없이 모든 죽음의 직접 원인은 심장마비다. 다른 것은 전부 심장마비가 되기 위한 전초적 준비인 셈이다. 그런데 그 친구는 어떠한 '전초적 준비'도 없이 막바로 '심장마비'로 가고 말았다. 물론 친구 본인이 몰라서 그렇지 평소에 그렇게 될 수밖에 없었던 원인이야 있었으리라. 그래서 곰곰이 생각해 보니, 아닌 게 아니라 짚이는 게 하나 있다. 그 친구는 관상이니 팔자니 하는 운명 철학에 푹 빠져 있었다.

결혼을 했다가 부인과 뜻이 맞지 않아 금세 갈라선 뒤부터라고 기억되는데 말끝마다 팔자타령을 하며 길흉화복에 대한 점술가의 의견을 무슨 계시나 되는 것처럼 가슴에 새기고 다녔다. 운명은 어차피 아무도 모르고 오직 자기 자신의 업을 따라가는 것이니까 그런 점술이나 운명 철학에 집착하지 말고 스스로 원을 세워 자기 자신을 믿고 살아야지, 나 아닌 다른 것에 자신의 운명을 맡겨 놓고 쓸데없이 자신을 볶느냐고 윽박질렀지만 막무가내였다.

이혼의 원인은 궁합이 안 맞는 탓이었다고 생각하고 있었으므로 재혼을 생각할 때도 첫째 조건이 상대 여성의 사주가 자기 것과 맞아야 했다. 사주가 잘 맞아서 일단 궁합이 좋게 나와야 만나보기라도 하지, 다른 조건이 아무리 좋아도 궁합이 안 맞으면 아예 고려의 대상조차 되지 않았다. 그런 친구였다. 회사에선 유능한 회사원이고, 친구들 사이에선 다시없이 다정한 벗이었고, 형제들에겐 예의 바른 막내였으며, 늙은 어머니에게는 요즘 세상에 보기 드문 효자였다. 그런데 오직 흠이 있다면 운명 철학에 자기의 삶을 맡기고 병적일 만큼 그것에 집착하고 있었다는 것이었다.

사주 풀이와 점괘에 따라 일희일비하며 매사를 보이지 않는 힘에 끌려가듯 하는 친구. 내가 보기엔 자꾸만 나쁘게 나오는 사주 풀이와 점괘들이 쌓이고 쌓여 자기 암시하듯 친구의 앞날에 먹구름을 덮어씌웠던 것 같다.

물론 친구도 그러고 싶어 그런 건 아니었을 것이다. 겉으로는 성공한 사회인이었지만 결혼 실패에 따른 강박 관념으로부터 치밀고 올라오는 자기 삶의 나약성, 그것이 그 친구로 하여금 운명론자가 되게 했고 결국은 생을 좀 더 밝고 긍정적으로 살게 하지 못하고 어두운 모습으로 마감하게 한 것으로 여겨진다.

콩도 팥도 결국엔 내가 심는 것

각설하고, 난 부처님의 법을 콩 심은 데 콩 나고 팥 심은 데 팥 나는 것으로 얘기하기를 즐긴다. 따라서 거창하게 인과응보니 업보니 연기니 하는 어려운 술어들을 쓸 필요가 없다. 좋은 생각 밝은 생각을 하고 살면 좋은 일 밝은 일이 생기고 나쁜 생각 어두운 생각을 하고 살면 나쁜 일 어두운 일이 생기는 간단한 원리. 그것이 바로 저 방대한 팔만대장경 속에 이런저런 말로 흩어놓은 부처님의 법이다.

그런데 콩을 심거나 팥을 심는 주체는 어디까지나 자기 자신이다. 씨를 뿌릴 때 옆에서 다른 사람이 씨앗이 들어 있는 콩 바구니나 팥 바구니를 들고 도와줄 수는 있다. 그러나 콩을 심고 팥을 심는, 즉 씨를 뿌리는 행위는 어디까지나 자기 자신만이 할 수 있다. 그 씨앗이 잘 발아해서 무성하게 성장하느냐, 못 하느냐도 자기 자신의 노력 여하에 달려 있다.

물론 콩을 키우고 팥을 키울 때 옆 사람의 도움을 일시적으로 받을 수는 있다. 재배법을 잘 몰라서 자문한다든가, 연장이 없어서 잠시 빌린다든가 하는 것은 얼마든지 가능하다. 그러나 그렇게 도움을 받았다고 해서 도움을 준 사람이 열매까지 책임질 수는 없다.

불가의 전통이 바로 그것이다. 경전 속의 수많은 말씀과 스님들의 뜻 높은 법문, 그렇지만 그러한 모든 것은 어디까지나 콩 심고 팥 심고 하는 일을 곁에서 도와주는 수준이지 절대로 직접 씨앗을 뿌리거나 거두어주지는 않는다. 더욱이 콩 심어라 팥 심어라 하지도 않는다! 오직 자기 자신만이 콩을 심을까 팥을 심을까를 결정해야 한다. 곁에서는 그저 콩 바구니나 팥 바구니를 들고 있기만 할 뿐인 것이다.

내 친구는 이론적으로 이러한 논리를 다 이해하고 있었다. 하지만 막상 자신의 괴로운 일 앞에서는 스스로 자신을 추스르지 못하고 늘 무언가에 기대야 했다. 그렇게 기대고 비비는 대상이 하필 운명 철학이었으니 그 기구한 운명이여! 스스로의 원을 세우기는커녕 발끝으로부터 올라오는 나약함을 어쩌지 못하고, 더구나 바른 법에 기대지 못하고 삿된 남의 얘기에 크나큰 자기의 삶을 맡기고 엉뚱한 것에 집착하며 잘못된 자기 암시 속에 스스로의 운명을 망가뜨리고 있었으니 지금 생각해 보면 안타깝고 안타까운 일이 아닐 수 없다.

물론 그가 그렇게 방황하며 자신의 삶을 감당하지 못한 채 엉뚱한 쪽으로만 기울게 한 데는 친한 친구였던 내 책임도 있을 것이다. 친구의 고민을 좀 더 진지하게 들어주지 못하고 무슨 뚱딴지같은 생각만 하느냐며 윽박지른 나. 나는 왜 그토록 속 좁은 인간이었던가. 친구의 고민을 나의 고민으로 받아들이고 좀 더 진지한 자세로 괴로움을 나누어 가졌더라면 친구는 거듭날 수도 있었을 텐데.

그러한 자책과 아쉬움의 날이 이어졌다. 그리하여 마침내 친구의 사십구재일. 스님들의 요령 소리, 독경 소리, 목탁 소리가 또렷또렷한 울림으로 법당 구석구석을 채웠다.

"이 세상에 영원불멸한 것은 하나도 없나니, 나무도 돌멩이도 바위도 우주도, 아니 부처님 자신까지도 흩어져 버렸나니, ○○○ 영가여! 유한한 것에 집착하지 말고 오직 바른 법에 귀의하시옵소서. 이제 그대의 몸은 흙으로 물로 불로 바람으로 흩어져 원래의 자리로 돌아가나니 자신이라고 믿고 느끼던 몸뚱이 훌훌 털어버리고 오직 이 세상에 변하지 않는 그것, 진리의 법에 자신을 내맡기시고……."

유족들 틈에 끼어 가부좌를 틀고 앉아 오직 친구의 명복을 빌고 있는데 스님의 낭랑한 기도 소리가 좁은 내 귓구멍을 후벼 판다.

그렇다. 안타까워할 것도 없다. 이 세상에 변하지 않는 것 멸하지 않는 것 하나도 없나니 무엇에 집착하고 연연할 것인가. 영원할 것 같은 우주도 언젠가는 없어지고, 불멸할 것 같던 부처님도 결국은 원래의 자리로 돌아갔다. 오직 변하지 않고 멸하지 않는 것이라면 바른 법 그것뿐이니 바른 법에 기대어 참되게 살면 이승이니 저승이니 무슨 구별이나 있겠는가. 나고 죽는 물결 속에서 먼저 간들 나중에 간들 그게 무슨 의미가 있으리오. 결국은 아무도 그 물결에서 벗어날 수 없거늘. 진리의 눈을 뜬 자만이 나고 죽는 괴로움의 물결 속에서 허우적거리지 않을 것이니 나는 언제쯤 되어야 진리의 눈을 뜰 수 있을꼬. 짧은 생애 동안 진리의 꼬랑지라도 부둥켜안으려면 좀 더 열심히 수행하라. 머리가 아닌 온몸으로!

사십구재를 지내는 절의 법당에서 친구 덕분에 이런저런 다짐을 하며 자신을 돌아보고 있는데 뜻밖에도 친구가 웃는 모습으로 내 앞에 앉았다. 그리고 당부하듯 말했다.

"이제 내 걱정은 하지 말게. 난 죽고 나서나마 다행히도 바른 법을 만나게 되었다네. 이승이고 저승이고 홑이불 한 장 차이도 안 나는 것 같네. 그러니 내 먼저 떠났다고 서운해하지 말게. 그러한 것이 다 내가 쌓은 업장 탓 아니었겠는가. 이제라도 내 모습을 바로 보게 되어 무척 다행이라네…….”

내가 무어라 대답할 사이도 없이 친구는 간데없고 「천수경」 독경 소리만 법당 문턱 밖으로 넘쳐나고 있었다.

……다나다라야야 나막알야 바로기제 새바라야 사바하…….

봄날의 이별이 가르쳐준 것

그새 한 해가 또 지났다. 친구가 그리워 집에서 가까운 어느 절에 들렀다. 그간 단정치 못했던 바람과 칙칙했던 볕이 어느새 다디단 바람과 결 고운 볕으로 변했다. 삭막하고 공해에 찌든 서울이지만 그래도 봄기운이 이곳저곳에 뻗쳐 있는 걸 보면 새삼 자연의 위력에 놀란다. 하지만 이만치나마 느낄 수 있는 자연의 힘이 얼마나 더 오래 갈 수 있을는지.

그러든 저러든 이 봄날에 어떤 사람은 결혼을 하고 어떤 사람은 이혼을 할 것이며, 누군가는 축복을 받으며 태어나는데 누군가는 칠성판 짊어지고 북망산으로 가고 있기도 할 것이다. 그것뿐이랴, 어떤 젊은이는 취직이 되어서 살맛이 나는데 또 다른 젊은이는 실직을 해서 죽을 맛일 것이다. 계절은 그저 무심히 시절 인연 따라 오고 갈 뿐인데 사람들은 자기 자신이 처한 처지에 따라 계절의 색깔을 다르게 받아들인다. 좋은 일을 맞은 사람들은 겨울도 춥지 않게 느껴질 텐데 궂은일을 맞은 사람들은 따뜻한 봄도 봄이 아니고 지옥의 계절처럼 느껴질 것이다. 물론 봄이고 아니고에 상관없이 자기에게 주어진 인연의 흐름에 따라 삶의 물꼬가 갖가지 형태로 열리고 닫혔을 테지만 말이다.

그렇다 치더라도 봄날에 사람을 떠나보낼 일은 아니다. 시들었던 고목에서조차 움이 돋는 봄날에 하필 헤어짐과 사라짐의 고통을 안아야 하는 사람이 있다면 그는 지지리도 인덕이 없는 사람이다. 다른 계절도 많은데 하필 봄의 이별이라니! 풋풋했던 고등학교 신입생 시절에 만나 수십 년 동안 우정을 나눴던 친구가 어느 날 갑자기 저세상 사람이 되어버렸을 때의 허탈감. 그 허탈감은 지금까지도 이어지고 있다.

그 친구와 나는 십 대 후반에 만나 인생의 중요한 고비마다 같이 고민하고 같이 행동함으로써 젊은 날의 추억 대부분을 공유하고 있었는데 어느 날 갑자기 저 혼자서 한마디 말도 없이 가버렸다. 사람 목숨이 개 목숨 취급당하던 아슬아슬한 현장에서도 그는 죽지 않았다. 그런 그가 신음 한 번 내보지 못하고 '스트레스성 심장마비'라는 믿기지 않는 사망 진단서만 남기고 가버렸으니 내게 허탈감이 계속 남아 있는 것도 당연지사.

그러나 세월은 어김없이 흘러 사방 천지에 봄기운을 또 뻗치고 있으니 자연법칙의 이 엄숙함 아래 난 더이상 할 말이 없다. 죽어야 나고, 떠나야 돌아오고, 버려야 얻는 그 지독한 법칙성. 자연이든 인간이든 우리가 그 법칙을 어찌 마다할 수 있겠는가. 겨울 가면 봄이 오고 봄이 가면 여름 오듯 그 친구 또한 때가 되어 왔다가 때가 되어 돌아갔으니, 이렇게 저렇게 나고 죽는 인연 따라 오고 가는 것이 중생의 삶이려니 해야겠다.

하지만, 하지만 말이다. 그렇게 인연 줄에 마냥 끌려다니고 싶지만은 않은 것이 또한 중생의 욕심 아닌가? 그렇다면 어떻게 해야 하는가? 답은 간단하다. 인연 따라 울고 웃지 않게 부처님 법에 따라 정진하면 그만. 그런데 그게 어디 쉬운 일인가? 물론 쉽지 않다. 그러나 그 친구는 자기가 떠났던 봄이 되자 다시 돌아와 살아 있을 때처럼 내게 속삭여준다.

"여보게 친구, 그래도 살아 있을 때 닦아야 하네!"

살아 있다는 것만으로도
우리는 이미 사는 값을 하고 있다

살아 있다는 것, 그것만으로도 우리는 이미 사는 값을 충분히 다하고 있다. 왜냐하면 이 어지러운 세상에서 관념이 아닌, 온몸 그 자체의 삶을 지탱한다는 그것만으로도 무척 어려운 일이니까! 오늘도 우리는 수많은 삶을 산다. 현실의 삶은 부대끼며 사는 사람의 수만큼이나 각양각색이다. 그러나 결국 꿰어질 수 있는 줄은 하나다.

그러나 그 하나의 줄은 눈에 보이지 않는다. 그래서 우리는 또 방황하고 회의한다. 자기 삶의 밑자리가, 자기 삶의 종착역이 어딘지 모르기 때문에.

삶에 대한 진지한 의문

'극 발전연구회'의 두 번째 작품인 연극 〈색시공〉은 우리 삶의 밑자리와 삶의 종착역이 어딘지를 묻는다. 「반야심경」에 나오는 '색즉시공'의 준말인 듯한 연극 제목에서부터 알 수 있듯이 연극 〈색시공〉은 줄곧 삶에 대한 진지한 의문을 퍼붓는다. 그러나 실제로 배우의 입에서 쏟아져나오는 그 발언은 진지하지 않다. 아니 오히려 독설이고 풍자고 음담이다. 그렇기에 역설적으로 우리의 현실이고 이상이다.

어느 한곳에 뿌리박지 못하고 계속 떠돌아야 하는 두 주인공 황포(전무송 분)와 갈포(최종원 분)는 스스로에게 하고 싶은 말을 상대방에게 죽어라 퍼붓는다. 아니 우리 모두에게 퍼붓는다. 우리는 그들이 퍼붓는 말을 듣고 잠시 깔깔대기도 한다. 그러나 이내 곧 가슴 쓰린 아픔을 함께 떠맡아야 한다. 왜냐하면 그들의 발언은 곧 우리들이 하고 싶은 말이기도 하기 때문이다. 연극 속의 주인공 황포와 갈포는 어쩌면 이 시대 대다수 사람들의 삶을 대변해 주고 있는지도 모른다.

그들은 불교와 기독교와 무속이 한데 적당히 범벅된 '무량도설교'라는, 다소 허무맹랑한 사이비 종교의 교리를 슬쩍슬쩍 비춰줌으로써 세상과 삶 자체를 풍자하고 있다. 아니, 세상을 학대하고 삶 자체를 학대한다. 하지만 결국 우리 모두는 그렇게 풍자하고 학대하는 세상과 삶 속에서 살아야 한다. 왜냐하면 우리들이 구하고자 하는 삶의 해답이 종교를 통해서만 얻어지는 것은 아니기 때문에.

‘죽느냐 사느냐 그것이 문제로다’

황포, 어디로 갈 데는 없지만 또 아무 곳으로라도 훌쩍훌쩍 떠나야 하는 사내다. 그래서 늘 등에는 낡은 바랑을 짊어지고, 아니 자기의 삶 전체를 송두리째 짊어지고 다닌다. 그 바랑 속엔, 그 삶의 등짐 속엔 지금은 아무 쓸데가 없는 낡은 기억의 유산들이 담겨 있다.

한때 그는 연극배우로 일하면서 가정을 이루고 산 적도 있었다. 연기를 열심히 하다 보면 그 길이 곧 자신이 구하는 삶의 진리와도 통할 수 있으리라고 생각했기 때문이었다. 하지만 그는 연극을 통해서 삶의 진리를 얻을 수 없다는 것을 깨닫고는 결국 가정과 직업 모든 것을 버리고 훌쩍 떠나버린다. 하지만 그는 기억의 유산과 생각들에 사로잡혀 있다.

갈포, 어디로 갈 데도 없지만, 어쩌면 세상이 싫어서 어디에도 가고 싶지 않은 사내인지도 모른다. 하지만 퓨즈 끊어진 고물차를 쾅쾅 두들겨대면서 쏘아붙이는 그의 말은 대단히 솔직하다. 그래서 퓨즈만 이어지면 아쉬운 대로 굴러가는 자신의 고물차처럼 말보다는 행동이 앞서는 사내다. 그래서 그에게서는 소탈한 웃음과 눈물, 그리고 사람 냄새가 난다.

어쩌면 갈포의 그러한 점 때문에 황포는 갈포에게 쉼 없는 면박을 당하면서도 그를 만나면 편해지는지도 모른다. 황포는 늘 사람들에게서 떠나고 싶어 하지만 떠나고 싶어 하는 만큼 또 사람들에게 가고 싶어 하기 때문에.

이미 그들에게 가르침을 주었던 사부는 죽고 없다. 마치 무대 한쪽의 고목 등걸처럼. 하지만 낡은 바랑 같은 황포와 고물차 같은 갈포, 그들의 내면에 있어서 시간은 흐르지 않고 멈추어 있는지도 모른다. 그만큼 그들이 자신의 종교에 지니고 있는 믿음과 애정 그리고 삶의 진리에 대한 갈구는 강렬하다. 하지만 그들 내면의 시계가 멈추어 있는 것과는 아무런 상관도 없이 현실의 삶은 계속되고 있다. 결국 그들의 종교도 삶 자체에 대해서는 별다른 해결책을 제시하지 못한다.

그 자리, 그들이 지나왔든, 지금 서 있든, 앞으로 찾아갈 곳이든, 삶은 계속되고 있을 뿐이다. 그래서 우리는 이 연극을 통해서 해묵은 명제 '죽느냐 사느냐 그것이 문제로다'를 화두로 건네받게 된다.

하지만 그 화두가 강요되는 것은 아니다. 앞에서 얘기했듯이 살아 있다는 것, 그것만으로도 우리는 이미 사는 값을 충분히 다하고 있기 때문이다.

추억을 곱씹어야 하는 나이

소설가 송영 선생이 세상을 떠난 당일, 부음을 들었지만 강연 일정 때문에 도저히 몸을 뺄 수 없어 다음 날 아침에야 다녀올 수 있었다. 아침이라 그런지 '58년 견생(犬生)' 갑장인 이승철 시인 혼자 빈소를 지키고 있었는데 나도 오래 머물 처지가 못 되어 요기만 하고 나와야 했으니 곱으로 미안한 마음이 들었다.

자꾸만 문단의 어른들이 세상을 떠난다. 소설가 이호철 선생이 세상을 뜨고 그 다음 달에는 송영 선생이 떠나셨다. 송영 선생과는 개인적으로 이런저런 추억이 얽혀 있어, 그 빈자리가 더욱 허전하다.

알 만한 사람은 다 알다시피 송영 선생은 ROTC 장교로 해병대에 입대했지만 '장교 탈영 1호'를 기록했다. 나중에 체포되어 영창에 갇혀 있던 체험을 소설 『선생과 황태자』에 그렸다. 도망 다닐 때

음악에 심취해서 평생 음악 인생도 소설 쓰기와 병행하여 『무언의 로망스』 등 음악 산문집을 내기도 하셨다.

내가 '송영'이라는 이름을 처음 안 건 1970년대 후반, 광주의 '시민관'이란 극장 간판에 내걸렸던 영화 〈땅콩껍질 속의 연가〉의 원작자가 그였음을 깨달은 때였다. 그 당시엔 일급 배우였던 신성일과 당시 청춘 스타라고 했던 임예진이 주연이었던 영화다. 그러나 끝내 나는 그 극장에 들어가지 못했다. 가난한 학생 신분이어서 극장표를 살 돈이 없었기 때문이다. 그 무렵 그가 「투계」라는 작품으로 잡지 《창작과비평》의 첫 신인 등단자였다는 사실을 알았다. 당시 대학 교정을 누비던 창비 영인본 판매 영업자들이 팔던 계간 《창작과비평》을 통해서 말이다.

나중에 문단에 나와 송영 선생을 뵈었다. 어떤 계기였는지는 기억나지 않지만 그의 동화 『순돌이 이야기』를 원고 상태로 넘겨받아 입력하고 출판사에 넘겨서 책으로 낸 기억이 난다. 빈소에서 만난 사모님은 그 책이 한 권도 없다고 아쉬워하셨다.

이어 1980년대 말에 나와 화제였던 자전적 성장 소설 『꼬마 야등이의 세상 보기』를 『병수』로 개칭해 출판사 '우리교육'에서 새로 내드렸던 기억도 난다. 책도 없어 내가 구해야 했다. 그 원고를 살린 『병수』는 빈소에도 진열되어 있었다. 송영 선생이 당신의 작품집을 잘 챙겨놓지 않으셔서 유족들이 애를 먹었다.

소설 『발로자를 위하여』의 모델이 된 러시아 귀화인 박노자와 송영 선생은 평생 친구로 지내기도 하셨다. 러시아에서 알게 된 박노자와 '망년우'가 되어 그의 결혼 주례와 직장을 구해준 이야기를 말씀하시기도 했다. 그러나 박노자는 한국 대학에서 자리를 잡지 못하고 노르웨이 오슬로대학에 가 있다.

오래전 송영 선생의 회갑 때 젊은 작가들이 식사라도 하자 하여 서울 이수역 부근의 어떤 음식점에서 여럿이 모인 적이 있다. 그때 박노자는 관악구 낙성대 부근의 반지하 방에서 한국인 아내와 살고 있었는데, 휴대 전화로 연락을 하면서 서로 만나 음식점에 같이 갔던 기억이 난다. 지금이야 박노자의 글을 좋아하는 이가 많지만 당시엔 박노자가 아직 알려지지 않았을 때였다. 나는 그가 한국 고대사(가야사) 연구자라는 것과 한국말을 정확하게 잘 구사한다는 것을 그 자리에 모인 작가들에게 소개했다.

흔히 인생의 부자란 물질적인 재산보다 추억이 많은 이라고 한다. 이즈막에서 자꾸만 추억을 곱씹어야 하는 일이 생긴다. 그렇다면 나도 부자인가? 아닌 것 같다. 나이가 들어서겠지! 어쩌면 나도 살 만큼 산 것인지도…….

누가 이 사람을 모르시나요?

누가 이 사람을 모르시나요
얌전한 몸매의 빛나는 눈
고운 마음씨는 달덩이 같이
이 세상 끝까지 가겠노라고
나하고 강가에서 맹세를 하던
이 여인을 누가 모르시나요

누가 이 사람을 모르시나요
부드러운 정열의 화사한 입
한번 마음 주면 변함이 없어
꿈 따라 님 따라 가겠노라고

내 품에 안기어서 맹세를 하던
이 여인을 누가 모르시나요

원래는 1960년대 중반에 곽순옥이라는 이가 불렀던 노래지만, 1980년대 초에 남북 이산가족 찾기 하면서 텔레비전에서 쉬지 않고 틀어대 유명해진 노래다. 이 노래의 '누가 이 사람을 모르시나요' 대목을 빌려 말하자면 '누가 소설가 김지우를 모르시나요?'

소설가 송기숙 선생 기사가 신문에 났는데, 소설가 송기숙을 떠올리면 자연히 소설가 김지우도 덩달아 떠오른다. 김지우가 워낙 송기숙 선생의 작품을 좋아했기에. 송기숙 선생의 집 전화번호 몇 자리를 자신의 휴대 전화 번호로 쓸 정도였다.

김지우는 김금옥이었던 고등학교 때 이미 여러 대학의 백일장을 석권했다. 하지만 바로 글을 쓰진 않았다. 대학은 국문과로 갔지만 이미 고등학교 때 글 잘 쓰는 것 때문에 받은 충격이 있어서였다.

고등학교 때 전주에서 전국 체전을 했다. 광주 5·18이 끝난 지 얼마 되지 않던 때다. 김지우가 다니던 고등학교 역시 전국 체전의 매스게임에 동원되었다. 라이방 박이 죽자 재빠르게 그 자리를 꿰어찬 전 머시기의 하사품 만년필이 각 학교에 지급되었다. 김지우가 다니던 학교에선 고맙다고 전 머시기 대통령에게 감사의 편지를 쓸 학생으로 이미 문명을 떨치고 있던 김지우를 지목했다. 그러나 김지우는 당차게 "나는 전 머시기 씨가 고맙지 않습니다. 그래서 편지를 쓸 수 없습니다"의 요지로 항변했다. 교사들의 주먹세례가 여고생의 얼굴로 바로 날아들었다. 매스게임 하느라 고생한 학생들에게 대통령이 하사품을 내렸는데 고맙다는 편지를 감히 쓰지 않겠다 하고, 대통령을 불경스럽게 '씨'라고 하다니! 여고 2학년짜리 학생의 하얀 교복 상의에 빨간 피가 묻었다.

그가 다닌 고등학교는 소설 『혼불』의 작가 고(故) 최명희가 다닌 학교다. 김지우는 그때 이미 소설가 송기숙의 『자랏골의 비가』 같은 작품을 읽고 현실의 단면을 깨달았다. 그래서 자신은 이런 작품을 쓰지 않을 거면 글을 쓰지 않겠다고 다짐했다. 그게 뒤늦은 삼십 대 후반에야 문단에 나오게 된 사연이다. 현실은 답답하고 어지러운데, 작가들은 카페 등을 배경으로 개인의 내면을 살핀다는 명목으로 파고들던 때다. 그랬으니 김지우에겐 사회 현실도 소설 현실도 마뜩잖을 수밖에.

김지우는 문단 생활을 예닐곱 해밖에 하지 않았다. 그런데도 『나는 날개를 달아줄 수 없다』 같은 당찬 작품집을 남겼다. 그 작품집에는 그의 등단작으로 많은 사람을 놀라게 한 「눈길」도 수록되어 있다. 첫 문장을 '그새 또 지랄 맞게 눈발이 날린다'로 쓸 정도로 거침없던 소설가.

송기숙 선생이 서울에 오시면 나랑 김지우랑 같이 '눈치 없는 유비'에 가서 점심을 먹곤 했다. 지금은 없어진 식당이다. 어느 날 점심 식사가 끝나고 김지우가 나보고 다짜고짜 어느 백화점의 한 옷 매장에 함께 가자고 했다. 나는 김지우가 백화점을 가자고 한 게 뜬금없었다. 체인 상품 가격은 어느 매장이나 똑같으니 가까운 데 가서 사자고 해서 하는 수 없이 그가 끄는 대로 그 백화점의 옷 매장에서 여름 윗도리 하나를 억지로 얻어 입었다. 난생처음으로 백화점에서 물건을 샀다. 다른 어떤 때보다 강렬하게 남아 있는 기억. 친누이 같았던 그였다.

그가 마흔네 살의 나이로 세상을 떠나던 해의 겨울. 머리가 아프다고 호소했지만 그러려니 했다. 서울살이에 머리가 안 아플 수 없었을 테니까. 젊은 사람이니 그냥 편두통 같은 거려니 했다. 그런데 그게 점점 뇌압을 오르게 해서 죽음에 이르게 했다니. 나는 그가 죽음에 이르는 병을 이고 있는지도 모르고 어느 후배 결혼식에 갈 사정이 되지 않아 축의금을 부쳐주며 대신 부조해 주라는 부탁이나 했다. 그리고 봄. 장례식장에서 환히 웃고 있는 영정 사진으로 만나야 했으니. 세상에서 가장 못 할 일이 나보다 어린 사람 장례식장에 가는 일…….

지리산(지리산을 워낙 좋아해서 그의 이메일 주소로 쓸 정도!)과 아픈 현실과 사람들과 송기숙 소설가의 작품을 좋아했던 김지우. 아참, 하얀 블라우스와 청바지도 무척 좋아했지! 그래서 그 차림으로 묻어달라고 했다지. 몇 해 전 문단 선후배들이 그의 무덤 앞에 묘비를 세웠다는 소식을 들었다. 소설가 현기영 선생이 '젊은 작가 김지우 여기에 누워 있다. 자비로운 햇빛이여, 이 무덤 따뜻하게 하소서'라고 썼단다.

김 형 어디쯤 가고 있는가?

소설가이자 문학평론가로 활동했던, 무엇보다도 성실한 편집자였던 김이구가 세상을 떴다. 사람이 죽고 나면 누구든 좋게 말하지만 실제로 김이구와는 좋은 추억뿐이다. 한 번도 언짢은 일이 없었다. 벗으로 지낸 삼십여 년 동안 가벼운 입씨름도 한 적이 없다. 그런 김이구가 죽었다. 왜, 왜, 왜? 몇 달 전 아들이 먼저 세상을 뜨는 참척의 아픔을 그도 견뎌내지 못한 듯하다.

빈소에 다녀왔다. 많은 사람들이 황망해하며 모였다. 문인들과 직장 선후배 동료들, 다들 애통해했다. 그날, 강의가 세 개나 되어 할 수 없이 밤을 못 새우고 돌아왔지만, 줄곧 김이구 혼자 가는 먼 길을 내버려두기가 좀 찜찜했다.

1990년대 초 작가회의 사무실이 아현동에 있을 때, 작가회의에서 무슨 일을 마치고 우리 둘은 복잡하기 그지없던 아현시장을 거쳐 지하철 2호선을 탔다. 그도 그때 내 사는 동네에 살았다. 지하철 아현역에서 신림역에 이르기까지 우리는 한마디도 나누지 않았다. 그런데도 서로 속내를 아는 데에는 어려움이 없었다. 지하철에서 내려서는 '잘 들어가'라는 말로 작별했던가 어쨌던가.

십여 년 전에 같이 몽골을 간 적이 있다. 그때 그는 휴대 전화 로밍을 해서 서울에서 오는 전화를 다 받았다. 저녁이면 대리 기사 문자가 떴다. 몽골까지 오라고 했으면 좋겠는데 그럴 순 없어서 그냥 문자를 지웠다. 거리에는 내 사는 곳이 종점인 '○○ 운수'의 95번 버스가 글자를 지우지 않은 채 그냥 다녔다. 그때 그가 그 버스 타면 집으로 갈 테니까 나더러 타라고 우스갯소리를 했다. 이런 그를 두고 동행한 선배 문인은 '김이구의 재발견'이라며 즐거워했다. 그는 곧잘 우스갯소리를 했다. 지금 젊은이들은 '아재 개그'라 하겠지만, 그의 우스갯소리가 벌써 그립다.

박영근 시인이 죽었을 때 유고 시집 등 뒷정리를 맡아 했고 나중에 기념사업회도 적극적이었다. 박영근 시인과 우리는 동갑내기로 평소 가까이 지냈다. 그러나 나는 그를 믿고 늘 뒷전이었다. 나의 청소년 독자 소설 『너는 스무 살, 아니 만 열아홉 살』에 해설을 써 주기도 했다. 졸작을 두고 해설을 쓰느라 얼마나 고생했을꼬! 휴대 전화 요금이 지금보다 훨씬 더 비쌀 때 그에게 전화하면 앞말에 이어지는 뒷말은 한참 뒤에야 나왔다. 그만큼 그는 말이 느렸다. 충남 예산 출생.

그는 어린이 문학에 애정이 많아 주로 동시 평론을 많이 했다. 세상을 뜨기 몇 달 전엔 내가 관계하는 잡지에 글도 쓰고, 그가 연재하는 신문에 동시 평을 쓰기도 해서 괜찮은 줄 알았는데 속이 말이 아니었던 모양이다.

나는 열아홉 살이에요

소설가 최인호가 세상을 떴다. 한 번 태어나면 한 번은 죽는 법. 그래서 그도 죽었다. 최인호의 문학에 대해선 호오가 갈린다. 『무진기행』의 김승옥에 이어 최인호가 새로운 감수성 혁명을 일으킬 줄 알았는데, 『별들의 고향』 연재를 계기로 통속으로 떨어졌다며 아쉬워하는 사람들이 많았다. 그리고 그의 행적에 대해서도 말이 많다. 이 점은 소설가 황석영과 늘 비교되기도 한다.

나는 그와 생전에 일면식도 없었다. 나와 노는 물이 다르고, 동선이 달라 오다가다가도 부딪친 법이 없다. 그러나 그 이름이 너무 익숙하다. 그건 바로 내가 향리의 까까머리 중학생일 때 내 방 벽에 도배된 《조선일보》에 그의 소설 『별들의 고향』이 연재되었기 때문이다. 벽에 그의 소설이 있으면 옆으로 누워 읽고 그다음 회를 찾아 다른 벽으로, 천장으로 소설을 찾아 순례했다. 그때는 식구들이 다 모이는 안방은 벽지로 도배를 하지만 아이들 방은 신문지로 도배를 하고 장판도 아리랑 담배 종이로 바르던 시절. 좀 형편이 나아야 기름 먹인 종이 장판이나 갈색 띤 찐나무 장판, 노란 비닐 장판을 깔던 시절이었으니.

교직에 계시던 아버지 임지를 따라 읍에 살던 시절엔 《한국일보》를 보았고, 본가로 들어간 뒤엔 조부가 보시던 《조선일보》를 봤다. 그때 시골 마을에선 이른바 중립지라 하던 《한국일보》나 야당지라 하던 《동아일보》는 거의 찾아보기 힘들고 오로지 《조선일보》가 판치던 시절이었다. 지금과는 격세지감! 어린 시절엔 그런 구분이 의미가 없었고, 나로선 오로지 '조부님 신문'에 난 소설에 눈길이 가던 시절이다. 그때 《조선일보》엔 박종화의 역사 소설 『세종대왕』이 같이 연재되었던 기억도 난다.

최인호라는 이름을 다시 만난 건 대처로 나간 고등학교 시절이었다. 광주 대인동 대인시장 부근에 위치한 시민관 출입구 위에 영화 〈별들의 고향〉 포스터가 크게 붙어 있었다. 나중에 소설가 송영 원작의 〈땅콩껍질 속의 연가〉도 이 극장에서 상영했다. 극장에 '시민관'이라는 이름이 붙어 있던 것이 늘 의아했던 시절. 나는 이미 중학생 때부터 소설 『별들의 고향』 속의 '경아'라는 호스티스 편을 들고 있었다. 경아 역을 안인숙이 맡았고, 신성일, 백일섭, 윤일봉 등이 나왔던 것으로 기억한다. 영화라면 자취방 형들 따라 박노식이나 허장강이 나오던 '주먹' 영화만 보다가 눈물짓게 하던 〈별들의 고향〉을 봤으니, 그때의 감흥은 경이 그 자체였다. 지금도 '경아' 하고 부르던 남자들의 목소리가 가끔 들려오는 듯하다.

그런데 영화 내용보다 더 강하게 내 뇌리에 박힌 건 영화의 배경음악으로 나온 윤시내의 〈나는 열아홉 살이에요〉라는 노래다. 내일모레면 곧 열아홉 살이 될 소년인지라 그 노래가 더 강하게 박혔는지도 모른다. 나중에 〈열애〉를 부른 음색과는 전혀 다른 윤시내의 청아한 음색이었다. 이때 이미 열아홉에 붙들려버려서 나중에 열아홉 되기 전 '사람'들이 겪는 이야기를 소설과 동화로 많이 쓰게 되었는지도 모른다.

최인호가 특유의 감수성으로 일반 문학을 했든 재빨리 세상을 포착하여 통속 문학을 했든 그건 학자나 평론가들이 말할 일이다. 다만 작가인 나로서 아쉬운 건 그의 『타인의 방』이 카프카의 소설만큼이나 현대인의 고독이나 소외, 비인간화 문제 등을 다루었을 거라 생각했는데, 그런 문제를 집요하게 파고들지 않았다는 점이다. 『겨울 나그네』 역시 젊은이들에게 나름대로의 감성을 집어넣어 주었는데, 그런 것을 외면해 버렸다는 점이 아쉬울 뿐이다. 그의 작품에 대한 연구자가 아니어서 뭐라 말할 입장은 아니지만, 어린 시절과 젊은 시절을 떠올리면 그의 소설에 대한 기억도 같이 떠오른다. 그러기에 그의 소설 속에서 현대인의 소외와 고독, 젊은 날의 방황과 순수 등을 읽었던 독자로서는 아쉬움을 말할 수 있으리.

어쨌든 예전엔 대중 소설이든 청춘물이든 소설이 읽혀야 영화도 되고 연극도 되던 시절이었는데, 지금은 거꾸로 영화가 성공해야 소설도 팔리는 시절이다. 박범신의 『은교』도 그러했다. 그렇다고 김승옥이나 최인호처럼 소설가가 영화판을 기웃거리며 문학 재능을 소진할 일은 아닌 듯하다. 그 좋은 재능을 소설 쓰는 데에 더 쏟았으면 어땠을까 하는 생각이다. 이렇게 말하면 너무 고리타분하다며 문학이 뭐라고 그래야 하냐는 비아냥거리는 소리가 들리는 듯하지만 글쟁이인 나로서는 그렇게 느끼는 것이니, 너무 책망들 하지 마시길!

자연인 최인호의 죽음에 삼가 조의를 표한다. 다만 소설가 최인호에 대한 기억과 아쉬움에 몇 자 적었을 뿐. 오늘은 운전할 때 윤시내의 〈나는 열아홉 살이에요〉를 들어야겠다.

뒷모습은 눈물 아닌 것이 없으니

지나간 시절의 애옥살림에 어찌 눈물 아닌 일이 있으랴만. 중학교에 갈 학비가 없어 국민학교 졸업하자마자 서울살이 나가는 순이가 등에 업고 다니던 막냇동생 내려놓고 동구 밖 돌아서는 모습은 눈물 없이는 볼 수 없고. 풍년초 한 봉짓값도 안 되는 버스삯이 없어 시오 리 길도 더 되는 읍장에 걸어서 계란 한 꾸러미 팔러 나가는 할머니의 팍팍한 다리심도 마냥 눈물을 머금게 하는 것 중의 하나다.

이제 지나간 얘기라고 애써 여기고 싶지만 결코 옛 얘기만이 아닌 풍경들. 눈물을 모으는 그 쓸쓸한 풍경들. 여기 그 쓸쓸한 풍경이 하나 더 있으니, 헌책방인 '공씨책방'의 공진석 선생님의 삶과 죽음이 바로 그것이다.

공 선생님은 그 지독한 가난 때문에 한 학기 남은 고등학교를 마치지 못하고 생활 전선에 뛰어들게 되어 여차여차한 과정을 거쳐 헌책 장사를 평생의 업으로 보듬게 되었다. 하지만 그 헌책 장사라는 게 어디 또 돈이나 되는 일이던가!

그러나 운명처럼 헌책 장사로 입신양명하셨으니 행인지 불행이었는지……. 가난해서 배움이 중단되고, 중단된 배움은 오히려 헌책 장사로 이어져 이른바 '공 박사'로 불릴 만큼 박학다식의 경지를 나름대로 다지셨으니 차라리 전화위복이라고나 할 만했다. 그렇지만 편치 못한 생활은 돌아가시던 그 무렵까지 끈질기게 따라다녔으니, 그 또한 운명이었을까?

색은 낡아 바랬으나 폐지로 실려 가지 않고 여전히 형형한 눈빛을 머금은 헌책들. 그 책들 속에서 내면의 깊이는 더해갔지만 번듯한 가게 자리 한 군데 옮겨갈 수 없을 만큼 주름진 살림은 아직 주인을 못 만난 채 서가에 꽂혀 있는 헌책들처럼 공 선생님의 모습을 초조하게 만들어갔다.

광화문 지역의 재개발. 이제 자리 좀 잡아가나 싶었는데 그 많은 책들과 함께 또 어디로 옮겨 앉아야 하나. 공 선생님은 노심초사 책방을 살려야겠다는 생각밖에 없었다. 그런데 옮길 때 옮기더라도 좋은 책이 나오면 또 사와야 했다. 그날도 그랬다. 육체적으로나 정신적으로나 무리한 상황이셨으면서도 행여 놓칠까 봐 책을 사러 갔다가 돌아오시는 길에 정말 운명처럼 책을 안고 쓰러지셨던 것이다. 책, 책만이 그의 전부였던 것처럼.

그리하여 결코 옛이야기가 아닌 오늘의 쓸쓸한 풍경, 눈물을 모으는 그 쓸쓸한 풍경에 이야기 하나를 더 얹어 놓게 되었다.

평생 외길로 헌책만 사랑하며 살다 가신 공 선생님의 삶이 우리에게 주는 뜻은 한두 가지가 아니다. 그런데 그중에서도 치열한 자기 수련이 첫 번째일 것이다. 끊임없이 배우고 무언가 자기 발전을 위해서 갈고 닦는 생활 태도. 그러한 삶의 자세가 그분으로 하여금 '글쓰기'를 하게 하였고, 그 결과 유품 속엔 적잖은 원고 뭉치가 들어 있게 되었다.

나는 평소에 '공씨책방'을 드나들며 공 선생님과 가깝게 지내던 수많은 단골손님 중에서 그래도 가장 나이 어린 축에 드는 편이다. 그래서 공 선생님을 위해 해드릴 수 있는 일이 뭐 없을까 생각하던 중 공 선생님의 문집을 한 권 엮어 드리면 좋겠다는 결론을 내리게 되어 유족과 상의한 결과 심부름꾼을 자임했다. 살아생전 수많은 책 속에서 살았고 적잖은 글을 쓰고 발표했지만 정작 공 선생님 자신의 책은 한 권도 없다는 게 안타까워서 저승에서나마 받아보시고 빙그레 웃으시길 비는 마음으로 일을 추진했다.

유고 중에는 책에 관한 수필과 본격적인 소설도 있고, 가족사의 기록물도 있고, 콩트 비슷한 산문과 개인 일기가 들어 있었다. 그중에서 장르 구분 없이 책과 관련되거나 공 선생님의 인생관이 들어 있는 내용의 글들을 뽑아 책 한 권의 분량을 만들었다.

그런 다음 될 수 있으면 공 선생님과 생전에 인연이 있던 출판사에 원고를 넘겨주기로 하였는데, 소식을 들은 학민사가 기꺼이 출판을 맡아주었다. 그런 덕분에 1991년 일주기에 맞춰 책이 나오는 보람을 맛보게 되었고, 정호승 시인께서는 공 선생님에 대한 추모기를 써서 공 선생님에 대한 독자의 이해를 도와주었다.

학민사 편집장은 지독한 악필인 공 선생님의 원고를 꼼꼼하게 읽고 편집하는 수고를 해주셨다. 공 선생님이 저승에서나마 이 책을 받아보시면 '캬! 내 글씨를 어떻게 알아봤노?' 하실 것이다. 하여튼 여러분의 도움을 받아 단아한 책이 되고 보니 평소의 공 선생님을 뵌 듯하며, 그동안 심부름꾼 역할을 한 나로서는 더할 나위 없는 기쁨이다. 사람은 가도 책은 남는 것!

그런데 뒷모습은 언제나 눈물 아닌 것이 없으니, 눈물은 언제나 또 남은 사람들의 몫이 되고 만다. 어쨌든 그리운 사람 하나 뒷모습만 남기고 가셨다.

견딜 수 없는 것을 견디는 시인의 한숨

오민석 시인의 시집 『굿모닝, 에브리원』에 수록된 해설에서 "시는 견딜 수 없는 것을 견디는 자들이 내뱉는 한숨이다"라고 말하고 있다. 고개를 끄덕이게 한다. 개인의 아픔은 물론 정치·사회적으로 고통스럽거나 핍박받을 때 많은 사람들이 시에서 위로받고 새로운 의지를 다져나가는 일이 많은 걸 보면. 흔히 농담으로 '시는 시시해서 시'라고 하지만 시는 결코 시시하지 않다. 감히 견딜 수 없는 것을 견디게 하는 것이기도 하는 것이기에.

그의 아내는 이태 전에 저세상으로 갔다. 유달리 금실이 좋았던 부부였다. 웬만한 원고는 아내가 먼저 읽고 의견을 말하면 그 의견을 좇아 수정한다고, 오 시인은 늘 말했다. 이번 시집도 시집으로 묶기 위해 아내와 함께 원고를 읽었단다.

그와 처음 만나던 삼십 년 전이 떠오른다. 그와 나는 서른 즈음에 어떤 문예지(《한길문학》)에 시를 투고했다. 신생 잡지였다. 그때까지 나는 시와는 전혀 다른 일을 하고 있었고, 그도 시 창작보다는 영미 문학을 공부하는 영문학도였다. 나는 문학과는 사돈네 팔촌 정도의 인연도 없는 학과를 다녀 문학 잡지에 대한 정보가 전혀 없었다.

장편 서사시를 모집한다는 신문 광고를 보고 그 잡지에 시를 투고한 건 순전히 그 잡지를 펴내던 출판사(한길사)의 책에 대한 신뢰와 주간을 맡은 문학평론가 임헌영 선생에 대한 존경심 때문이었다. 대학 시절 겪은 광주 오월을 그린 장편 서사시를 투고했다. 덜컥 당선 소식을 들었다. 또 오민석과 내가 갑장이니 만나보라는 연락도 받았다. 그래서 종로 피맛골 어떤 음식점에서 둘이 만났다. 처음 만났지만 둘은 이내 곧 의기투합해서 이런저런 이야기를 많이 나누었다. 오 시인이 공중전화로 집에 전화를 했다. 아내가 "기분이 좋은 것 같다"고 얘기했다. 그렇게 육친의 정이라고 할 만한 우정이 시작되었다. 오 시인은 바로 창간호에, 나는 뒤이어 다른 이들과 함께 그 잡지에 길이가 짧은 연작시를 실었다.

우리 둘 사이의 우정이 시작되던 날부터 지켜봤던 그의 아내가 세상을 떠났다. 시인 자신의 말마따나 "벼락을 맞았다." 그래서 그런지 이번 시집의 시편에서 아내가 특히 더 연상된다. 가령 「저, 푸르른 죄의 기억」이라는 시에서도 "당신, 보고 싶어, / 라고 쓰고 운다"라는 대목이 있는데 시인의 아내가 덧씌워지는 식이다. 또 「당신」이라는 시에서는 "절벽처럼 혼자일 때, 당신이 보인다"고 노래했는데 앞 구절 모두 아내의 떠남이 연상되는 것은 어쩔 수 없다.

그는 첫 시집 『기차는 오늘 밤 멈추어 있는 것이 아니다』에서도 '아내'를 통해 동시대의 아픔을 많이 보여주었다. 지금도 나는 그의 시 「자는 아내를 보면」을 가끔 읊조린다.

무방비 상태로 자는 아내를 보면
꼭 강아지 새끼 같다
지은 죄도 없이
이 세상의 사슬에 묶여 있는
마누라여,
당신의 주인은 누구야?

늦은 겨울밤
날 잡아 잡수
무방비 상태로 자는 아내를 보면
무진장 슬퍼지고
무진장 마음이 편해지고
무진장 세상과 싸워야 할 것 같다

—「자는 아내를 보면」

그는 술을 참 좋아한다. 그러나 주중에는 책 읽고, 강의하고, 글을 써야 하니 무척 좋아하는 '빨간딱지' 소주를 한 방울도 입에 대지 않을 만큼 자기 자신에게 엄격하다. 그러나 남에겐 참 따스하다. 십수 년 전, 그때는 은행에서 대출을 받으려면 보증인을 세워야 했다. 그가 늘 나의 보증인이었다. 심지어는 안식년으로 캐나다에 연구하러 가면서도 대출 연장을 하려면 은행에 미리 보증 서류를 해놓고 가야 한다고 되레 나를 채근할 정도였다.

내일까지 살 것처럼 굴지 말자

소설가 최일남 선생한테 들은 이야기다. 젊은 시절 언론계에 있을 때 일본 출장 가서 겪은 이야기다. 숙소에 짐을 풀고 텔레비전을 틀었더니 어느 조각가의 죽음을 기리며 그 조각가의 인터뷰가 나오고 있더란다. 가만히 들어보니 "나는 평생 닷새 뒤 일을 걱정해 본 적이 없소!" 그러더란다. 왜 그런 이야기를 할까 하고 귀를 기울였더니, 기자가 "이 연세 들어서도 조각을 할 수 있을 정도로 어떻게 건강을 유지하셨느냐?"고 물었던 것이다. 그 프로그램은 유명인이 세상을 뜨면 바로 그날 틀어주기 위해 생전에 미리 인터뷰를 해놓는 프로그램이었다. 그때 그 조각가는 구순이 넘게 살고서 세상을 뜬 것이다. 그러니 여러 번 인터뷰를 했을 터인데, 아마 가장 최근에 한 걸 틀어주었겠지.

그렇다. 오래 살기 위해서는 나중 일을 미리 걱정할 필요가 없다. 어차피 될 일은 되고, 안 될 일은 안 된다. 미리부터 걱정한다고 안 될 일이 되고, 될 일이 안 되는 게 아니다.

나는 이 이야기를 듣기 전부터 나의 학생들에게 첫 수업 시간에 꼭 하는 말이 있다. "오늘이 그대들 마지막 날이니 내일까지 살 것처럼 굴지 말라"는 말. 그 말에 이어 "그래서 나는 숙제를 안 내준다. 다음 시간까지 여러분이 살아서 그 숙제를 낼지 어떨지 모르니까!" 이러면 일순간 강의실이 쥐 죽은 듯이 조용해지며 모두들 '뭥미?' 하는 표정을 하고서 썰렁한 모습이다.

그러면 나는 말을 잇는다. "여러분만이 아니라, 나도 다음 시간까지 살아서 여러분 숙제를 받을지 어떨지 모릅니다……." 이렇게 '공평'을 강조해도 분위기가 풀리지 않는다. 그래서 한마디 더 한다. "숙제는 말 그대로 잠을 덜 자고 하는 일입니다. 그래서 숙제는 안 내주나, 과제는 내줍니다. 과제는 일과 시간에 하는 일입니다. 그러니 과제는 집으로 가져가지 말고 오늘 당장 학교에서 다 하고 가도록 하세요!" 이러면 아이들은 '속았다!'는 생각에 기분이 좋다 만다.

내가 숙제는 안 내주고 과제만 내주는 이유는 그날 일은 그날 다 끝내자는 취지 때문에 그렇다. 아무리 기일을 넉넉히 주어도 숙제는 제출일 전날 한다. 숙제 제출일이 가까워지면 학과 대표가 찾아온다. 대표 왈, 아이들 대다수가 숙제를 거의 못 했으므로 마감을 일주일만 연장해 달라고 한다. 사정에 못 이겨 그 청을 들어준다. 그러나 개 버릇 남 주겠는가? 제출 기한을 연기해 주어도 마찬가지다. 시간 벌었다고 일단 안심한 뒤, 또 미룬다. 그러고선 결국 그 전날 숙제를 한다. 그러니 그날 일은 그날 해야 하는 것이다.

누구든 오늘이 자기 인생 마지막 날이라면 지금 당장 무엇을 하겠는가? 장난삼아 '잠을 실컷 자겠다', '맛있는 것을 마구마구 먹겠다!'고 하겠지만 조금 가라앉으면 얼마 뒤에 죽어야 하는 현실을 인정하고 지금 당장 '가장 중요하다'고 여기는 일을 할 것이다.

우리 인생은 유한하다. 다만 누구든 자기가 죽는 날을 모를 뿐이다. 그래서 할머니나 할아버지가 돌아가셔서 장례를 치르는 걸 직접 겪으면서도 죽는 일은 남의 일 같고 자기는 천년만년 살 것 같다. 그런 까닭에 오늘 일 내일로 미루고, 이달 일 다음 달로 미룬다. 그러다 보면 나중에 나이 들어서 '나도 한때는 꿈이 ○○였는데' 하며 한탄을 한다. 꿈은 꾸는 것만으로는 절대 이루어지지 않는다. 그러니 일찌감치 '꿈 깨는 게' 좋다. 그 대신 오늘을 살라!

영화 〈죽은 시인의 사회〉를 통해서 유명해진 로마 시인 호라티우스의 '카르페디엠(carpe diem)'은 바로 '오늘(현재)을 잡아라, 오늘을 놓치지 말라, 오늘을 잘 살아라, 오늘을 즐겨라' 정도의 말이다.

맞다. 인간은 오늘을 잘 살아야 한다. 십 대나 이십 대 때 오늘 할 일 오늘 다 끝내는 마음으로 살다 보면 한 서른쯤 되었을 때 그 인간이 될 수 있는 최대치 인간이 되어 있을 것이다. 그러나 꿈만 꾸며 자꾸만 내일로 미루는 사람은 '나도 한때는 말이야……'라는 말만 되뇌며 후회 속에서 평생을 살다 마칠 것이다. 그러고서 결국 그도 죽는다.

아일랜드 출신 영국의 극작가 조지 버나드 쇼는 이런 사람들을 위해 자기 묘비명을 '우물쭈물하다 내 이럴 줄 알았지!'로 새겨주라 했단다. 길지 않은 인생, 우물쭈물하다 결국 묘지 속에 누워 있게 되지 않도록 살아야 하리라.

그러니 몸뚱이 아낄 것 뭐 있겠는가? 청소년 때는 나중에 스스로가 무엇이 될지도 모른다. 절대로 지금 꿈꾸는 대로 인생이 펼쳐지지만은 않는다. 그러나 무엇이 되긴 될 것이다. 그렇다면 자신이 될 수 있는 최대치 인간이 되어야 하지 않을까? 그러기 위해선 내일까지 살 것처럼 굴지 말고 당장 오늘을 잡아야 한다. 자신도 언젠가 죽는다는 것을 기억하고서. 이럴 때 쓰는 말이 서양에서 라틴어로 또 있다. 바로 '메멘토 모리(memento mori)!' 죽음을 기억하라.

이제쯤 잘 사는 방법에 대한 결론이 났다. 죽음을 기억하고, 오늘을 잡으면 된다. 그렇게만 하면 반드시 그 사람이 될 수 있는 최대치 인간으로 거듭날 것이다.

그러기에 나는 이처럼 깊은 뜻을 가지고 숙제를 안 내주고 과제만 내준다. 오늘 할 일 오늘 끝내는 게 인생을 제대로 사는 일이니까! 그러다 보면 내일 일은 걱정할 필요가 없다. 내일은 내일의 태양이 다시 떠오른다. 그런데 무엇 때문에 미리 당겨서 걱정을 하는가? 오래 살기 위해서라도 내일을 당겨서 오늘을 걱정하며 살지 말라.

일본의 조각가는 바로 그걸 실천한 사람이다. 닷새 뒤 일을 걱정하지 않았다는 건 오로지 그날그날 하루하루를 충실히 살았다는 뜻이다. 원로 소설가한테서 이 이야기를 듣는 순간 첫 수업 시간이면 내가 학생들에게 꼭 하는 말에 더욱 확신을 가지게 되었다.

그러니 어여쁜 청소년 여러분, 학교 공부와 입시와 진로 따위로 걱정이 두루 많겠지만 걱정하지 말라. 닷새 뒤까지 갈 것도 없고 당장 내일 일도 걱정하지 말고, 오늘 해야 하는 일만 생각하라. 그리하면 하고자 하는 일 다 이루어지고, 덤으로 오래오래 살게도 될 터이니!

오늘을 산다

아버지 기일을 맞아 고향집에 갔을 때였다. 어머니도 몸이 좋지 않지만, 어머니가 고향집에 거처하시는 한 아버지 제사는 고향집에서 지내는 게 순리인 듯해 형제들 모두 고향집에 모였다.

안방 텔레비전 위에 아버지 시집 『오늘을 산다』가 놓여 있었다. 아버지께서 돌아가시기 한 달 전에 자식들이 부랴부랴 꾸려준 시집이다. 팔순 노모 눈에 들어오지도 않는 작은 글씨다. 그래도 몇 군데 접혀 있었다. 나는 노모가 어디를 보는지 궁금해 시집을 펼쳤다. 아버지와 어머니가 처음 만나던 날이 그려진 대목이다.

> 그 때는 정혼이 부모들 사이에 이루어지는 것이었다
> (……)

사, 오년 군 복무 끝에 첫 휴가 오던 날
집안 어른 따라 약혼녀를 처음 만나러 갔다

등잔불이 너무 어두워
바짝 아가씨의 코 밑에 등잔불을 갖다 놓고
아가씨 얼굴을 보았다

이렇게 연을 맺어
(……)

—「마누라는 무얼 보고 나한테 시집 왔소?」 중

아버지가 군 복무를 하던 때는 6·25가 끝나가던 무렵. 1953년에 휴전이 되고도 한참을 더 했다지. 군에 있는 병사들이 약혼녀 사진을 받아보면 어른들이 알아서 정혼하던 시절. 어머니는 자신의 사진이 없어 친구 사진을 아버지에게 보내주었단다. 휴가 때 어머니 얼굴을 처음 본 아버지. 마을에선 1955년부터 1956년에 걸쳐 혼인 잔치를 많이 하고, 그 바람에 58년 개띠가 많이 태어나고…….

「인생 살이」란 시편 부분이 또 접혀 있다.

그래, 이것이 인생이란다
이렇게 살다가

떠나는 것이 인생이란다

(……)

흙탕물 속에서 피어난 수련 꽃 한 송이

꼭 가슴에 안고 떠나가야지

—「인생 살이」 중

아버지는 꽃을 좋아하셨다. 그래서 집에 화분이 많고 마당에는 꽃잔디 등을 심으셨다. 시 속에 수련이 나오는데, 고향집 수련은 소의 구유에서 자란다. 오래전 아랫집 소 치는 집에서 가져간 구유를 어느 명절날 동생들과 함께 실어 왔다. 얼마 전에 보니 절구통 물에는 모기 유충인 장구벌레가 많이 살던데, 수련을 심은 뒤엔 올챙이가 살아서 그런지 장구벌레가 없었다. 아, 그러고 보니 어머니와 아버지가 처음으로 만나던 풍경에 이어 인생을 정리하는 부분이 접혀 있었다. 코끝이 찡했다.

어머님의 손을 놓고

'어머님의 손을 놓고 돌아설 때엔 부엉새도 울었다오 나도 울었소' 일제 때 징용이나 징집으로 부모와 헤어져야 했던 이들의 심정을 노래한 〈비 내리는 고모령〉. 노래야 해방 뒤 나왔지만 가족과 마지막 이별을 해야 했던 고모령 고개. 지금도 대구 지역에서 그 지명이 그대로 이어지는 걸 보았다. 징용이나 징집 가는 건 아니었지만 도회에서 학교 다닐 때, 그 뒤로도 부모와 헤어져 고향을 떠날 때는 나도 늘 이런 심정이었다.

아버지가 살아 계실 때 아버지는 미리 집 밖 골목에 나와서 자식들을 기다리셨고, 자식들이 제 거처로 돌아가기 위해 차에 오르면 끝내 눈시울을 적셨다. 그런데 어머니는 거동이 불편하셔서 이제 집 밖으로 쉬이 나오지도 못하신다. 그런 어머니. 어머니의 손을 놓고, 어머니를 떼어놓고 와야 하는 자식의 심정도 편치 않다.

주말에 순천과 남해 등지에 강연이 있어 갔다가 여느 때처럼 노모가 계신 진도 집에 들렀다. 어머니는 툇마루 나무문을 유리문으로 바꿔놓고 계셨다. 아버지가 살아 계실 때부터 고치고자 했던 툇마루 가리개 역할을 하는 문. 우리가 어렸을 때엔 비가 오면 방문 앞에 '뜸'이라는 볏짚이나 보릿짚으로 엮은 거적 가리개를 쳐서 비가 안으로 들치지 않도록 했다. 비가 들이쳐서 나무가 뒤틀리고 떨어진 탓에 어머니는 유리문을 달고 싶어 했다.

그러던 차에 몇 해 전 아버지가 세상을 등지고 마셨다. 어머니는 무엇보다도 아버지가 거처하시던 행랑채 마루까지 비가 들이쳐 나무가 썩어 들어가는 것을 걸려하셨다. 하지만 자식들로선 그게 뭐 대수랴 싶어 깊이 새겨듣지 않았다.

어머니는 유리문에 거의 편집증일 정도로 집착을 하시고, 오랫동안 잠도 못 주무시면서 궁리에 궁리 끝에 형편이 나은 막내아들에게 옛날 일을 들먹이며 도움을 청하셨단다. 막냇동생은 어머니가 그렇게 말씀 안 하셔도 해드릴 텐데, 어머니가 왜 저러나 싶었다. 어머니는 막내의 도움으로 아버지가 살아 계실 때부터의 바람인 유리문은 달았지만, 이제는 막내에게 아버지 살아 계실 때 일까지 들먹이며 도움을 청한 게 걸려서 고민이다.

"나도 쪼깐 더 있으믄 송장이 될 것인디, 집 고쳐서 살믄 얼매다 더 산다고 그런 소리를 했으까. 얼매나 더 산다고, 시바(셋째 아들) 한테까지 속 보였으까……."

"늙은 어미 땜시 머리 허컨 큰놈(맏이인 나)도 집에 맨날 들르는 죽을 고생을 하고……."

"장가이나(둘째 여동생)도 어미가 안 죽고 있어 일주일에 한 번씩 집에 들러 청소도 해야 하고…… 인자 보름에 한 번만 오라고 해야 쓰겄다."

나는 애써 진도말로 어머니를 달랬다.

"단 하루를 살아도 어머니 하고 잪은 것 다 하고 가쇼잉! 그래야 자석들 속도 편하요. 막내한테 그런 말씸 하신 거 신경 쓰지 마쇼. 갸도 다 이해허제 안 한다요? 내 몸도 육십 년 가차이 되는데 머리가 검기만 허겄소. 그려도 또래들보다는 덜 허연께 너무 걱정 마쇼."

"장가이나도 오고 싶어 오는 것인께 너무 걱정 마시고, 올 때마다 기름값이랑 반찬값이나 잊어묵지 말고 두둑하니 주쇼. 생활비는 아들들이 알아서 다 줄 것인께."

겨우 하룻밤 자고 다시 마당을 나서면서 방문 앞에 앉아 계시는 어머니의 손을 잡고서 이별을 했다.

"너는 으짜든지 좋은 말만 한다잉. 알았은께 어서 가그라. 또 떠들어야 한담서……."

'좋은 말'이란 소리를 듣는 순간 김응교 시인이 쓴 신동엽 평전 『좋은 언어로』가 떠올랐다. 시인은 이 세상을 '좋은 언어로 채우고 싶다'고 노래했다. 몇 시간 뒤 만나는 청중들에게 내가 해줄 '좋은 언어'는 무엇일까 하면서.

삶과 죽음이
둘이 아니고 하나인 바에야

나는 지금 마산행 밤 열차를 타고 가면서 이 글을 쓴다. 그런데 밤 여행이 느긋하고 편안한 여행이 아니라 다급하고 심적으로 조금은 우울한 상태의 여행이 되고 말았다. 난 지금 문상을 가고 있는 것이다. 동료 시인의 어머님이 돌아가셔서 근무가 끝나자마자 허겁지겁 밤 열차를 집어탔다. 살아생전 뵌 일은 없지만 죽음이란 이렇게 만사 제쳐놓고 달려가게 하는, 사람을 끌어모으는 힘을 가졌다.

죽음, 누구도 피할 수 없는 그 죽음.

우리는 늘 죽음 앞에 거의 무방비 상태로 서 있다. 아니 어쩌면 자기만큼은 영원히 살 것처럼 착각하며 오만을 부리는지도 모른다. 그러나 이 불합리한 세상에서 그래도 가장 확실하고 공평하게 분배되어 있는 것은 오직 죽음뿐이다. 죽음만은 잘살든 못살든 권세가 있든 없든 모두에게 똑같은 무게로 안겨든다. 잘산다고 가볍고 못산다고 무거운 죽음은 없다. 누구에게나 죽음은 피하고 싶고 두렵고 반갑지 않은 불청객이다. 그렇지만 그 생물학적 죽음이라는 불청객 때문에 우리는 삶을 더 확실하게 살 수 있는지도 모른다. 아니, 생물학적으로 수명이 다하면 죽어야 한다는 사실, 혹은 사고가 나서 뜻밖에 죽을 수 있다는 사실이 오히려 삶을 죽음보다 더 무게 있게 만든다. 그건 역설이 아니다. 사실이 그렇다.

불가에서는 모든 것이 상대적 개념이다. 좋은 것과 나쁜 것, 착한 것과 악한 것, 예쁜 것과 추한 것 등등. 결국은 이것이 있어 저것도 있다. 그러므로 죽음이 있어 삶도 있는 것이다. 그렇다고 그 상대적인 것들 중 더 상위 개념에 매달린다고 하여 진리 혹은 깨달음이 얻어지는 것은 아니다. 불가의 가르침의 정수는 상대적인 양쪽 개념 모두를 뛰어넘는다. 그런데 그 양 개념을 뛰어넘는 방법이 문제다. 어떻게 해야 가능한가?

석가모니 부처님 이래 수많은 고승과 거사가 다 나름대로의 방편을 택하고 제시하며 수행했다. 그리하여 근대 이전의 사회에서는 기존의 수행 방법이 나름대로 통할 수 있었고 어느 정도 효과도 보았다. 그렇지만 지금의 사회, 후기 산업 사회라고 일컬어지는 복잡다단한 현 단계에 있어서는 산중에 턱 하니 들어앉아 있는 전래의 수행 방법만으로 삶과 죽음의 문제를 해결할 수 없다. 그렇다면 어찌해야 하나?

죽음, 그것은 결국 삶의 문제다. 죽음을 알면 삶의 문제는 저절로 해결된다. 하지만 아무도 죽음의 문제를 직접 해결할 수는 없다. 생물학적 죽음은 단 일회적으로 끝나는 것이므로. 윤회에 윤회를 몇십 번 거듭하더라도 윤회의 한 칸 한 칸은 생물학적 죽음으로 매듭지어지고, 윤회라는 것조차도 결국은 극복되어야 할 것이지 윤회의 수레바퀴 속에 우리를 마냥 굴러가게 할 수는 없다.

그렇다면 아무래도 죽음의 문제를 해결하기 위해선 죽음의 상대편에 있는 삶의 문제를 붙들고 정진해야 한다. 물론 절대적 최고의 진리는 죽음과 삶 모두를 뛰어넘는다. 그렇지만 우리 같은 범인이 어찌 방편 없이 한꺼번에 해탈의 경지를 맛볼 수 있으랴.

그래서 우리 같은 사람에게는 달을 가리키는 손가락이 필요하다. 달을 볼 수 있을 때까지는. 후기 산업 사회의 물질 문명 속에서 우리는 한 사람 한 사람 절대적 진리의 자아로 존재하는 것이 아니라 거대한 사회 속의 미미한 부속품으로 전락하고 만다. 그 부속품은 결국 소모품이 되어 나중에는 삶 자체가 죽음이 되고 만다.

그래서 우리는 이제쯤 화두를 붙들어야 한다. 삶을 삶 자체로 존재하게 하고 죽음까지도 삶 그 자체가 되게 하는 화두를 안아야 한다. 죽음도 삶도 뛰어넘기 위한 방편으로서의 화두 말이다. 후기 산업 사회에서의 화두는 거창하거나 형식적이거나 고상한 것이 아니다. 지금 단계에서의 화두는 생활 그 자체다. 화두는 생활 속에서 우리가 숨 쉬는 모든 것이다. 기계를 돌릴 땐 기계와 내가 일체가 되고, 밥을 먹을 땐 밥과 내가, 책을 읽을 땐 책과 내가 일체가 되어 나 자신이 삼매의 경지에 들어야 한다. 그렇게 몰두하되 자신을 객관화하고 나아가 투명한 의식으로 자신을 들여다볼 수 있는, 분별심 없는 자유로움을 맛볼 수 있어야 한다. 그래야만 이 복잡함 속에서 정신이 분열되지 않고, 흩어진 정기와 총기를 생활 속에서 그대로 살릴 수 있다.

이제는 우리가 발 딛고 사는 이 땅 위의 일상생활 속 모든 것을 방편 삼아 정진해야 한다. 삶을 진솔하게 끌어안고 몸부림친 뒤 자기 자신을 훌훌 털어버릴 수 있을 때 삶의 문제는 해결될 것이다. 나아가 일상의 찌듦조차 오히려 수행의 훌륭한 방편으로 삼아 자기 자신을 자유자재로 조정할 수 있는 단단한 의식을 갖출 때, 그리하여 불가의 오묘한 가르침이 스스로의 몸 안에 저절로 녹아들 때 죽음의 문제도 해결될 것이다. 그리고 마침내는 삶과 죽음의 경계를 벗어날 수 있을 것이다. 삶과 죽음이 둘이 아니고 하나인 바에야…….

차창 밖은 아직도 어둡다. 간혹 멀리서 전깃불 몇 개만이 새벽을 지킨다. 전깃불은 진리의 등불인 양 어둠 속이면 더욱 밝은 빛을 낸다.

그러고 보니, 빛과 어둠은 같이 있을 때 서로가 더 확실하구나!

|본문 인용 출처|

108~109쪽 『꽃 속에 피가 흐른다』(2004), 김남주 지음, 창비
225쪽 『나는 날개를 달아줄 수 없다』(2005), 김지우 지음, 창비
238~240쪽 『굿모닝, 에브리원』(2019), 오민석 지음, 천년의시작
240쪽 『기차는 오늘 밤 멈추어 있는 것이 아니다』(2014), 오민석 지음, 지식을만드는지식

|본문 가사 인용 목록|

KOMCA 승인필

20쪽 〈칠갑산〉, 주병선
110~111쪽 〈고향의 그림자〉, 남인수
152쪽 〈그 겨울의 찻집〉, 조용필
223~224쪽 〈누가 이 사람을 모르시나요〉, 곽순옥
250쪽 〈비 내리는 고모령〉, 현인

꽃잎 떨어지는 소리 눈물 떨어지는 소리

초판 1쇄 2021년 11월 25일

지은이 | 박상률
펴낸이 | 송영석

주간 | 이혜진
기획편집 | 박신애 · 최미혜 · 최예은 · 조아혜
외서기획편집 | 정혜경 · 송하린 · 양한나
디자인 | 박윤정 · 기경란
마케팅 | 이종우 · 김유종 · 한승민
관리 | 송우석 · 황규성 · 전지연 · 채경민

펴낸곳 | (株)해냄출판사
등록번호 | 제10-229호
등록일자 | 1988년 5월 11일(설립일자 | 1983년 6월 24일)

04042 서울시 마포구 잔다리로 30 해냄빌딩 5 · 6층
대표전화 | 326-1600 **팩스** | 326-1624
홈페이지 | www.hainaim.com

ISBN 979-11-6714-013-5